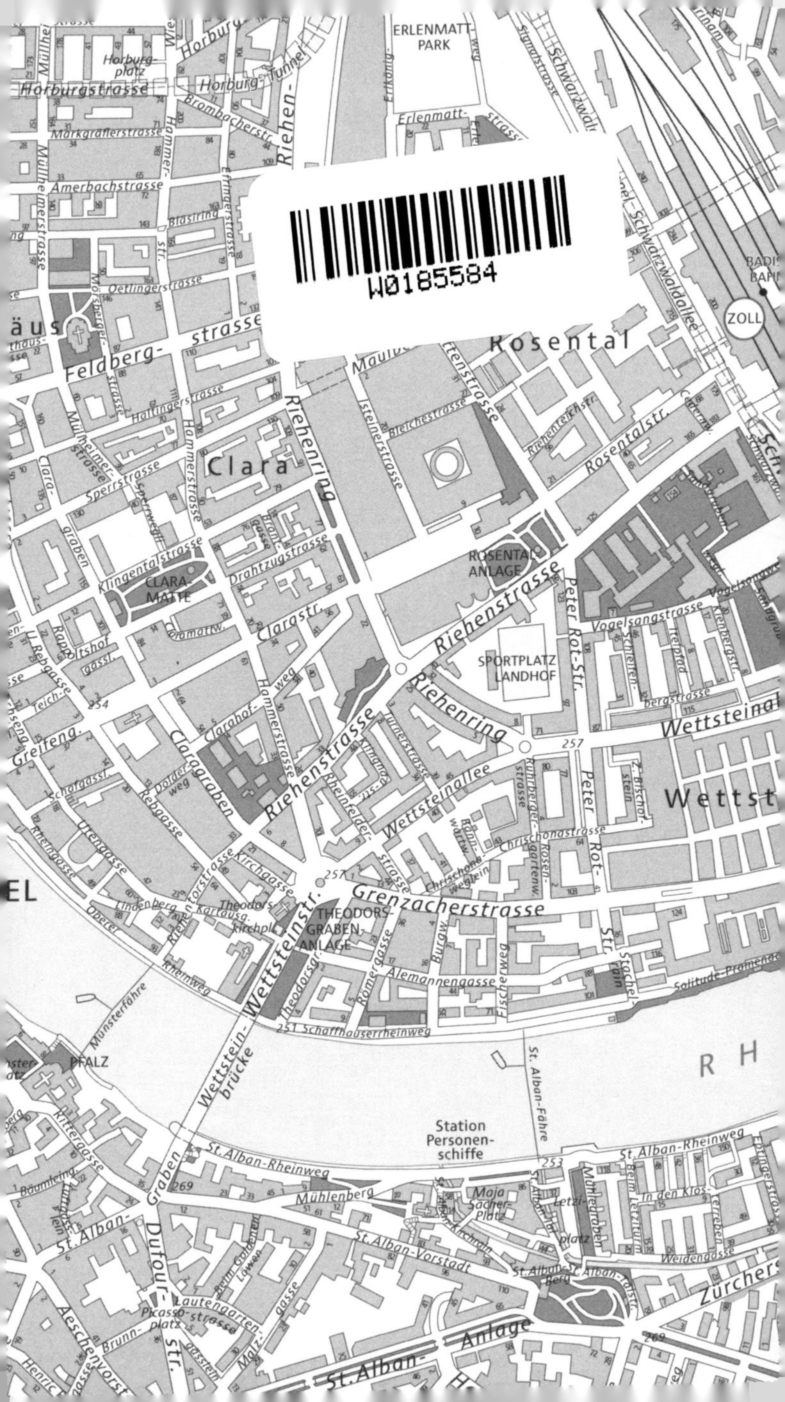
ERLENMATT-PARK
Horburgplatz
Horburgstrasse
Horburg-Tunnel
Brombacherstr.
Markgräflerstrasse
Amerbachstrasse
Blasiring
Oetlingerstrasse
Feldberg-strasse
Mülheimerstrasse
Hammerstr.
Signalstrasse
Schwarzwaldallee
ZOLL
Rosental
Bleichestrasse
Isteinerstrasse
Riehenteichstr.
Rosentalstr.
Clara
Riehenring
ROSENTAL-ANLAGE
Riehenstrasse
Peter Rot-Str.
SPORTPLATZ LANDHOF
Vogelsangstrasse
Wettsteinallee
Klingentalstrasse
CLARA-MATTE
Drahtzugstrasse
Clarastr.
Claragraben
Hammerstrasse
Sperrstrasse
Rebgasse
Utengasse
Rheingasse
Kirchgasse
Lindenberg
Grenzacherstrasse
THEODORS-GRABEN-ANLAGE
Wettsteinstr.
Alemannengasse
Römergasse
Fischerweg
Solitude-Promenade
Schaffhauserrheinweg
Rheinweg
Münsterfähre
Wettsteinbrücke
PFALZ
Rittergasse
St. Alban-Fähre
Station Personenschiffe
St. Alban-Rheinweg
Mühlenberg
St. Alban-Vorstadt
St. Alban-Graben
Dufourstr.
Aeschenvorstadt
Lautengartenstrasse
Picasso-platz
St. Alban-Anlage
Zürcherstrasse
Weidengasse
RH

d

Hansjörg Schneider

Hunkelers Geheimnis

Der neunte Fall

Roman

Diogenes

Der Brief des Chefs der
kantonalen Fremdenpolizei Basel
vom 15. März 1939 an den
Regierungsrat Fritz Brechbühl auf S. 193
ist folgendem Buch entnommen:
Lukrezia Seiler und Jean-Claude Wacker,
Fast täglich kamen Flüchtlinge,
Christoph Merian Verlag, Basel 2013
Karte Vor- und Nachsatz: Stadtplan Basel (Ausschnitt)
Quelle: Geodaten Kanton Basel-Stadt, 22.11.2012
Umschlagfoto von Thorsten Henn (Ausschnitt)

*Die Personen und die Handlung
des Romans sind frei erfunden, jede Ähnlichkeit
mit realen Personen oder Begebenheiten
ist rein zufällig*

www.diogenes.ch
200/15/44/1
ISBN 978 3 257 06937 2

Peter Hunkeler, ehemaliger Kommissär des Kriminalkommissariats Basel, nun im Ruhestand lebend, erwachte und wusste nicht, wo er sich befand.

Er schlug die Augen auf und sah, dass es heller Tag war. Über sich hatte er eine weiße Zimmerdecke, von der etwas wie ein Handgriff mit einer Zottel dran herunterbaumelte. Die Luft roch seltsam. Nicht so wie in seinem alten Bauernhaus im Elsass, wo immer ein Duft von Gras und feuchter Erde da war. Auch nicht so wie in seiner Basler Wohnung, die nach ihm, nach Hunkeler, roch. Die Luft hier schien klinisch rein zu sein.

Er war ruhig, entspannt und schmerzlos, er lag auf dem Rücken. Das fiel ihm auf, denn üblicherweise schlief er auf der Seite, in Embryostellung. Er schaute wieder nach oben, zum Handgriff, der dort hing. Woher kam der plötzlich, wer hatte ihn hingehängt? Er baumelte nicht von der Decke, wie er zuerst gemeint hatte, sondern von einem Metallarm, der über das Bett ragte. Die Zottel daran war ein Klingelknopf.

Jetzt fiel es Hunkeler ein, wo er sich befand. Im Krankenhaus, in einem Spitalbett. Er war heute früh operiert worden.

Vorsichtig tastete er Brust und Bauch ab. Dort unten, zwischen seinen Beinen, lag etwas, das eigentlich nicht dorthin gehörte. Und jetzt erinnerte er sich genau. Er war gestern, am 7. März, gegen Abend hier in das Basler Merian-

Iselin-Spital eingetreten. Heute Morgen um sieben hatte er gleich eine Spritze erhalten, die ihn in Tiefschlaf beförderte. Er hatte es so gewünscht, da er nichts von den Vorbereitungen für die Operation mitbekommen wollte.

Um neun war er wieder erwacht. Seine Freundin Hedwig war da und hielt ihm die Hand. Alles sei gut, flüsterte sie. Eine Schwester erklärte, der Eingriff habe eine knappe halbe Stunde gedauert. Kein Karzinom, alles in Ordnung. Dann hatte man ihn wohl in dieses Zimmer hier gebracht, wovon er nichts merkte, da er nach der frohen Kunde sogleich wieder eingeschlafen war.

»Sie haben einen Katheter«, hörte er eine Männerstimme sagen. »Das ist nicht schlimm, man gewöhnt sich daran. Im Übrigen sollten Sie sich schmerzlos wohl fühlen, Sie stehen unter Drogen. Stimmt's?«

»Es geht so«, sagte Hunkeler, der über seine eigene Stimme erschrak. Sehr schwach hörte sie sich an, sehr heiser. »Man hat mir den Bauch aufgeschnitten, und Sie behaupten, ich müsse mich wohlfühlen? Wissen Sie, was ich normalerweise mit so einem Kerl machen würde, der mir sowas antut?«

»Mit Kerl meinen Sie offenbar Dr. Fahedin«, sagte die Stimme. »Er ist eine internationale Kapazität. Sie sollten dankbar sein, dass er Sie operiert hat und nicht irgendein Stümper.«

»Ich würde ihm die Faust ins Gesicht schlagen. So eine verdammte Frechheit. Der macht sich über mich her, während ich schlafe. Würde und Unversehrtheit des Menschen sind garantiert. Das steht in den Menschenrechten. Gelten die nicht mehr in einem Krankenhaus?«

Er spürte einen fernen Schmerz in seinem Bauch, er schien näher zu kommen.

»Gut so, brüllen Sie. Versuchen Sie es wenigstens. Das holt Sie ins Leben zurück. Es stimmt übrigens nicht, dass er Ihnen den Bauch aufgeschnitten hat. Er hat durch die Harnröhre operiert. Sie sind ein Glückspilz.«

Hunkeler schaute nach links, wo die Stimme herkam. Er sah einen Mann im Bett nebenan sitzen, mit kahlem Schädel und eingefallenen Wangen.

»Woher wollen Sie das wissen? Wer sind Sie überhaupt?«

»Dr. Stephan Fankhauser, wenn Sie gestatten. Und Sie sind Kommissär Peter Hunkeler. Ich habe mich bei der Schwester erkundigt. Sie hat mir über Ihre Operation berichtet. Ich kann Ihnen nur gratulieren.«

»Sie nerven«, sagte Hunkeler. »Schweigen Sie endlich.«

»Das geht leider nicht. Ich kann nicht schweigen, ich muss reden. Sonst krepiere ich. Ich kann nur noch im Reden leben. Nur Wörter helfen gegen das Zerrinnen der Zeit.«

Ein heiseres Lachen war zu hören.

»Das sind die Sätze, die ich noch zu sagen habe. Sie klingen gut, nicht wahr? Obschon es Unsinn ist, was ich rede. Verstehen Sie mich?«

»Nein.«

»Aber Sie sind doch ein gebildeter Mensch. Sie haben studiert.«

»Woher wissen Sie das?«

Der Mann zeigte auf einen Laptop, den er neben sich auf dem Bett liegen hatte.

»Das steht alles hier drin. Sie scheinen ein interessanter Mann zu sein. Wir beide sollten uns unterhalten.«

»Überhaupt nicht. Ich bin nichts als ein armes Schwein. Sehen Sie das nicht?«

»Das ist der Schock nach der OP. Nichts weiter. Schließen Sie die Augen, entspannen Sie sich.«

Hunkeler schloss die Augen und versuchte, ruhig zu atmen. Stephan Fankhauser, den Namen kannte er doch.

»Der rote Steff«, sagte er, »aus den 68er Jahren. Einer der größten Schreihälse der Studentenbewegung. Damals hatten Sie Haare bis auf die Schultern.«

»Richtig. Und weiter?«

»Dann sind Sie Mitglied einer linken Anwaltskanzlei geworden. Später Direktor der Basler Volkssparkasse. Durch und durch bürgerlich. Und spießig. Sie sollten sich schämen.«

»So ist es richtig. Beleidigen Sie mich, wenn es Ihnen guttut.«

»Es tut mir nicht gut«, brüllte Hunkeler. Er erschrak, da sich der ferne Schmerz wieder meldete. Er beschloss, nicht mehr zu brüllen.

»Und Sie, Herr Kommissär Hunkeler? Waren Sie nicht Mitglied der Basler Linken Studentenschaft, kurz: LIST? Wie verträgt sich das mit Ihrer späteren Funktion beim Kriminalkommissariat, das wir damals als Handlanger des großbürgerlichen Kapitals betrachteten? War das nicht ein Widerspruch, unter dem Sie gelitten haben?«

»Ach was, ich war bloß Sympathisant.«

»Ein liberaler Scheißer also, der sich die Hände nicht schmutzig machen wollte.«

»Blödsinn. Ich war kein Handlanger des Kapitals, sondern ein Mann, der sein Leben verdienen musste. Ich hatte Familie. Ich habe es so gut gemacht, wie ich konnte.«

»Mit einer schönen Rente, nicht wahr?«

Jetzt dachte Hunkeler scharf nach. Das war gut, das brachte seine Gedanken von diesem verdammten Spitalbett weg.

»Und Sie? Sind Sie nicht zum Teufel gejagt worden? Weil Sie in großem Stil unversteuertes Geld aus dem Ausland angenommen haben?«

»Wo denken Sie hin. In unseren Kreisen wird man nicht zum Teufel gejagt, sondern mit Dank für die großen Verdienste in allen Ehren in den Ruhestand entlassen.«

»Das habe ich anders gehört.«

»Weil Sie in schlechter Gesellschaft leben. Tatsächlich sollte man nur in allerbesten Kreisen verkehren. Das heißt in reichen Kreisen. Weil sich die Welt nicht ändert, auch durch Revolutionen nicht. Ich habe lange gebraucht, bis ich das begriffen habe. Dann habe ich danach gehandelt.«

»Ich habe gehört, dass Sie eine Abfindung von mehreren Millionen erhalten haben. Eine Art Schweigegeld. Damit können Sie sich bis zu Ihrem Lebensende jeden Luxus leisten.«

»Wenn ich denn überhaupt noch leben könnte. Sie sehen doch, dass das nicht geht.«

»Stimmt. Unser Disput bewegt sich auf rein spekulativer Ebene. Ich beende ihn hiermit.«

Wieder schloss er die Augen. Aber der andere ließ nicht locker.

»Bitte beenden Sie unser Gespräch nicht. Hören Sie wenigstens zu.«

»Warum haben Sie kein Einzelzimmer genommen? Sie könnten es sich doch leisten.«

»Ich hatte ein Einzelzimmer. Ich bin fast gestorben vor Einsamkeit. Sie, Herr Kommissär Hunkeler, hat mir der Himmel geschickt.«

Hunkeler hielt sich die Ohren zu. Es nützte nichts, Fankhauser hatte eine zu sonore Stimme.

»Ich habe vier Unterleibsoperationen hinter mir. Eine fünfte ist nicht möglich. Folglich wächst der Krebs weiter. In rasantem Tempo übrigens. Dazu habe ich Diabetes. Ich kriege zweimal täglich Insulin gespritzt. Ich warte auf den Tod.«

»Das tun wir doch alle.«

»Es kommt drauf an, wie man wartet. Philosophisch gesehen ist das Leben nichts weiter als eine Vorbereitung auf den Tod. Das hat schon Montaigne gesagt.«

»Stimmt nicht. Montaigne hat gesagt, das Philosophieren sei eine Vorbereitung auf den Tod. Nicht das Leben.«

»Wunderbar, großartig«, sagte der andere. »Ich wusste, dass man mit Ihnen streiten kann. Wir tragen alle den Tod in uns. Auch Sie, Herr Kommissär. Vielleicht sterben Sie sogar vor mir.«

»Das würde Sie wohl freuen, wie?«

»Nein, im Gegenteil. Ich habe niemanden, außer meinem Sohn. Er hat mich einmal besucht. Dann hat er angerufen und gesagt, er komme nicht mehr, er ertrage die Spitalatmosphäre nicht.«

»Das verstehe ich gut. Ich ertrage sie auch nicht.«

»Machen Sie es wie ich. Ich bin voller Morphium.«

»So dröhnen Sie sich endlich zu«, brüllte Hunkeler, »und geben Sie Ruhe!«

In der Nacht lag Hunkeler wach. Ein weißer Schein schwebte an der Decke, ruhig, fast märchenhaft. Offenbar schneite es draußen.

Er kam sich unwirklich vor, seltsam entrückt in eine schmerzlose Zeitlosigkeit, die ihn beinahe heiter stimmte. Er hörte es von einer nahen Turmuhr Mitternacht schlagen, zwölf harte, genaue Schläge. Er hörte den andern nebenan murmeln.

»Warum habe ich eigentlich keine Schmerzen?«, fragte er.

»Gott sei Dank, Sie leben noch«, sagte Fankhauser, »Sie hören mir zu.«

»Nein, ich höre nicht zu. Ich frage mich, was ich hier eigentlich mache.«

Er stützte sich auf, um hinüberzusehen zu dem Mann, der halb aufgerichtet im Bett lag.

»Schlafen Sie eigentlich nie?«

»Nein. Ich drehe mich im Kreis, den ganzen Tag und die ganze Nacht. Die Kreise werden immer enger. Es gibt keinen Ausweg, es ist eine Spirale. Am Schluss werde ich im Mittelpunkt angekommen sein. Bei mir. Das ist dann der Tod. Aber noch drehe ich mich. Und Sie sollen mir helfen beim Drehen, indem Sie mir zuhören.«

»Nein«, brüllte Hunkeler, und das Brüllen ging schon besser. »Verschonen Sie mich. Ich halte dieses Drehen nicht mehr aus.«

Jetzt wandte der andere den Kopf zu Hunkeler, den kahlen, ausgemergelten Schädel, der fast ohne Lippen war. Er hob die rechte Hand, die Hand eines Skelettes. Er flehte.

»Bitte. Wir waren doch Kommilitonen, wir haben zusammen gekämpft. Für eine bessere Welt.«

»Es geht so. Ich bin keine Kämpfernatur.«

»Doch, doch. Sie kommen wie ich aus einfachen Verhältnissen.«

»Woher wollen Sie das wissen?«

»Das merkt man. Wir haben beide Karriere gemacht.«

»Reden Sie bitte nicht über mich. Mein Lebenslauf gehört mir.«

»Warum die Scham?«

»Es ist keine Scham. Ich bin zum Kommissariat gegangen, weil ich gern mit Menschen zu tun habe.«

»Wir haben richtig auf den Putz gehauen bei der LIST damals, wir beide. Wir haben die Mächtigen der Stadt zu Tode erschreckt. Erinnern Sie sich noch, wie viele Töchter und Söhne aus den besten, den reichsten Familien Basels mitgemacht haben? Davor hatten die Mächtigen besonders Angst. Denn die konnten sie nicht gut niederknüppeln lassen. Einige unserer Versammlungen haben wir im Park der Besitzerfamilie einer der großen Chemiefirmen abgehalten, mit Vietcong-Abzeichen am Kragen und den Worten des Vorsitzenden Mao in der Tasche. Und die Herrin des Hauses hat uns bewirtet mit Wein aus ihrem Keller. Erinnern Sie sich?«

Ja, Hunkeler erinnerte sich. Aber er sagte nichts.

»Schauen Sie sich einmal an«, fuhr der andere fort, »wer von uns alles Karriere gemacht hat. Parlamentarier, Chefredakteure, Direktoren in Industrie und Banken. Nur beim Militär nicht, aber das ist ohnehin am Abserbeln.«

Ein heiseres Husten war zu hören, mühsam unterdrückt, da es wohl zu viel Kraft kostete.

»Schauen Sie mich an. Ich habe geredet über die Weltrevolution. Dass sich alles von Grund auf ändern müsse, vor allem die Verteilung der Güter. Ich habe von Klassenbewusstsein gefaselt, von der permanenten Revolution, von der Notwendigkeit, Gewalt anzuwenden, zu kämpfen mit dem Gewehr in der Hand. Jetzt schauen Sie sich unser damaliges Idol Fidel Castro an, der ja tatsächlich mit dem Gewehr in der Hand gekämpft hat. Was ist aus ihm geworden? Ein ganz gewöhnlicher Diktator. Und Che Guevara ist nur deshalb noch populär, weil er jung gestorben ist. Ich frage mich, was aus Jesus von Nazareth geworden wäre, wäre er alt geworden. Ein Banker vielleicht bei der Vatikanbank, der Bank des Heiligen Geistes? Sie landen letztlich alle beim Geld, die Weltverbesserer. Weil Geld die einzige Macht ist, die wirklich zählt. Als ich das begriffen hatte, bin ich in eine Bank eingetreten. Weil ich nicht am Rande der Gesellschaft arbeiten wollte, sondern im Zentrum der Macht. Verstehen Sie mich, Herr Kommissär?«

»Ja, schon. Aber ich finde, Sie sollten sich besser um Ihr Seelenheil kümmern.«

»Das versuche ich doch. Indem ich mir zu erklären versuche, wie ich zu dem geworden bin, der jetzt neben Ihnen im Bett liegt, froh, einen Zuhörer gefunden zu haben.«

»So«, sagte Hunkeler, »ich habe endgültig die Nase voll. Sie entschuldigen bitte.«

Er griff zum Klingelknopf und drückte.

»Schade«, sagte Fankhauser. »Wenn Sie mich nicht mehr ertragen, werde ich nur noch flüstern. Aber traurig ist es schon, wenn man wortlos sterben soll.«

Die Tür ging auf. Herein kam eine zierliche Frauengestalt in weißem Kittel. Sie trug ein blaues Kopftuch.

»Eine Schlafpille bitte«, sagte Hunkeler, »ich ertrage den Nachbarn nicht mehr. Er redet mir die Ohren voll mit pseudophilosophischem Quatsch.«

Die Frau nickte. Ihre Augen schienen zu lächeln, waren sie dunkelbraun? Genau konnte er es nicht erkennen. Wortlos nahm sie eine Pille aus der Manteltasche und gab sie ihm. Ihre Hand war schön geformt. Am Mittelfinger trug sie einen kleinen Diamantring. Hunkeler schluckte die Pille und spülte mit dem Wasser, das sie ihm einschenkte, nach. Sie nickte, lächelte wieder und verschwand.

»Dann gute Nacht«, sagte Hunkeler.

Am andern Mittag kam Hedwig. Sie brachte ihm Äpfel, Bananen und Zeitungen, wie er es gewünscht hatte.

»Diesen Spitalfraß kann man nicht essen«, behauptete er, »der schmeckt nach nichts.«

»Hast du ihn wenigstens probiert?«

Er schüttelte angewidert den Kopf.

»Nein. Irgendwo muss man in diesem Irrenhaus seine Autonomie bewahren. Man darf sich nicht ganz ausliefern.«

Sie lächelte ihn an.

»Schimpf nur, das tut dir gut. Übrigens sind sie zufrieden mit dir.«

Sie schaute sich im Zimmer um. Ihr Blick blieb an Fankhauser haften, der wie immer halb aufgerichtet im Bett lag. Hunkeler sah, wie sie erschrak.

»Das ist Dr. Fankhauser«, sagte er. »Vormals der rote Steff, Revolutionsführer der Linken Studentenschaft Basel, zuletzt Chef der Volkssparkasse. Ausnahmsweise verhält er sich ruhig. Sonst quasselt er ununterbrochen.«

»Freut mich, Madame«, sagte Fankhauser. »Wir haben selten Damenbesuch hier.«

Er hob den Arm, um ihr die Hand zu geben. Sie wich erschrocken zurück.

»Es tut mir leid, Madame. Ich weiß, dass meine Erscheinung nicht mehr sehr erfreulich ist. Ich werde Sie nicht weiter belästigen.«

»Ein Gentleman«, sagte Hunkeler. »Ich kenne ihn von der Uni. Jetzt geht es ihm ziemlich dreckig.«

Ein heftiges Husten war die Antwort, ein heiseres Krächzen.

»Ich soll mit dir spazieren gehen«, sagte Hedwig.

»Was? Bist du wahnsinnig? Ich kann kaum stehen.«

»Die Schwester hat es befohlen. Also komm.«

Sie zog ihn hoch. Er sah durch das Fenster, dass draußen dichtes Schneetreiben war.

»Bei diesem Schneesturm gehe ich aber nicht hinaus«, sagte er.

»Das verlangt auch niemand. Wir steigen die zwei Treppen zur Cafeteria hinauf. Los, zieh dich an.«

Im Gang draußen umarmte sie ihn heftig. Ihre Arme zitterten.

»Was hast du denn?«, fragte er. »Wer ist hier der Patient, ich oder du?«

»Bin ich erschrocken, Peter. Der schaut aus wie der leibhaftige Tod. Er wollte mir sogar die Hand geben.«

Er strich ihr über das Haar.

»Das ist nicht so schlimm. Ich glaube, er stirbt ganz gern. Aber wir beide schaffen es noch eine Weile, nicht wahr? Komm jetzt, ich brauche einen Kaffee.«

In der Cafeteria oben setzten sie sich an ein Fenster gegen Westen. Der Schneefall hatte aufgehört. Das Sonnenlicht brach durch und ließ die Dächer der Stadt in einem unwirklichen Licht aufleuchten, die erste Anhöhe im Elsass drüben, den weißen Wasserturm von Folgensbourg.

»Schön«, sagte Hunkeler. »Eigentlich geht's mir bereits wieder gut. Wir könnten noch heute Abend in unser Haus fahren, einheizen und eine Flasche Wein trinken.«

»Du bleibst da«, sagte sie, »so lange es der Arzt befiehlt.«

»Ich ertrage den Kerl im Bett nebenan kaum mehr. Er spuckt seine ganze Vergangenheit aus, direkt vor meine Füße. Obschon sie mich überhaupt nicht interessiert. Aber er kennt keine Gnade.«

Sie senkte den Blick. Sie überlegte.

»Was ist los?«, fragte er.

»Ich soll dich von deiner Tochter Isabelle grüßen.«

Er erschrak. Damit hatte er nicht gerechnet.

»Schau nur. Sie wünscht dir gute Besserung.«

Isabelle, die er seit Jahren nicht mehr gesehen hatte. Die sich ihm schon früh entzogen und mit achtzehn endgültig verabschiedet hatte.

»Freut es dich nicht?«

»Doch. Aber ich will nicht darüber reden. Das heißt, ich kann nicht.«

Das Letzte, was er von ihr gehört hatte, war, dass sie eine Tochter namens Estelle geboren hatte und in ein Dorf in den Vogesen gezogen war.

»Das heißt, du willst nicht.«

»Das kann sein. Ich erinnere mich nicht gern an die damalige Zeit.«

»Schade.«

»Warum?«

»Weil sie mich interessiert.«

»Isabelle war lange meine offene Wunde. Sie ist erst vernarbt, als ich dich kennenlernte. Doch, das stimmt. Du hast mir darüber hinweggeholfen.«

Er wollte ihre Hand nehmen. Aber dann erwachte sein Misstrauen.

»Was soll das alles? Wie hast du sie überhaupt gefunden?«

»Ich habe sie angerufen und ihr gesagt, dass du operiert wirst.«

»Wie bitte? Hinter meinem Rücken?«

»Was glaubst du denn? Wenn du meinst, du könntest deine Vergangenheit einfach so begraben, dann täuschst du dich.«

Er schaute sie ungläubig an. Doch gegen ihre Entschlossenheit hatte er keine Chance.

»Sag einmal, wie ist das eigentlich? Telefonierst du oft mit ihr? Und seit wann?«

»Seit du mir von ihr erzählt hast.«

»Und alles heimlich, ohne ein Wort?«

»Aber sicher. Jemand muss doch die Vernunft walten lassen.«

Gegen Abend erhielt er Besuch von Madörin, vormals Detektivwachtmeister, jetzt Hunkelers Nachfolger als Kommissär. Sie hatten sich seit seiner Pensionierung nur selten gesehen. Hunkeler war ihm aus dem Weg gegangen. Er mochte den Kerl einfach nicht, seine gedrungene, untersetzte Gestalt, seinen Hundeblick. Obschon er wusste, dass er ein fähiger Kriminalist war. Aber Hunkeler war immer der Meinung gewesen, dass zu einem guten Kommissär nicht nur die zähe Unerbittlichkeit eines Terriers gehörte, sondern auch eine gehörige Portion Menschenliebe.

Jetzt stand er neben Hunkelers Bett, einen Blumenstrauß in der Hand. Offensichtlich war es ihm peinlich, seinen ehemaligen Vorgesetzten im Nachthemd daliegen zu sehen.

»Im Namen des Teams des Kommissariats«, sagte er, »bringe ich dir diese Blumen, mit besten Wünschen zur Genesung.«

»Danke.«

»Insbesondere Korporal Lüdi und Haller lassen dich grüßen.«

Madörin schaute sich um, wo er den Blumenstrauß hinlegen könnte.

»Leg sie auf den Tisch«, sagte Hunkeler. »Blumen im Krankenhaus finde ich übrigens unerträglich. Sie erinnern an Beerdigungen.«

Madörin tat wie geheißen, wobei er indigniert den Kopf schüttelte, es gefiel ihm nicht, herumkommandiert zu werden.

»Und Staatsanwalt Suter?«, fragte Hunkeler.

»Der lässt auch grüßen. Ich habe mit ihm telefoniert. Er ist zurzeit bei einem Kongress in Köln. Und liebe Grüße von Frau Held von der Pforte.«

»Danke.«

Mehr brachte Hunkeler nicht heraus, obschon er gern freundlicher gewesen wäre. Ein bisschen war er nämlich gerührt, der alte Kommissär, wenn er an die gemeinsam verbrachten Jahre dachte. An die Machtkämpfe untereinander, die meist er gewonnen hatte. An die Fahndungserfolge. Und auch an die Misserfolge.

»Ein schönes Zimmer hast du«, sagte Madörin, »richtig luxuriös.«

Er schaute sich um, misstrauisch und kühl, denn er war immer im Dienst. »Wer ist das?«, fragte er mit Blick auf den Zimmernachbarn.

»Dr. Fankhauser«, sagte Hunkeler, »von der BVS. Du hast bestimmt von ihm gehört.«

Madörin kniff die Augenbrauen zusammen, wie immer, wenn er angestrengt nachdachte.

»Ach so. Sie sind das. Wie geht's?«

»Danke«, sagte Fankhauser, »den Umständen entsprechend. Sie sind wohl von der Polizei, wie ich annehmen darf?«

»Jawohl, vom Kriminalkommissariat. Übrigens ist gerade die Meldung hereingekommen, dass Viktor Waldmeier bei der Einreise in die USA verhaftet worden ist. Das ist doch Ihr Nachfolger bei der BVS.«

Ein feines Lächeln erschien auf Fankhausers Zügen, ein Hauch von Lebenskraft.

»Der Viktor. Ich war mir sicher, dass er sich eines Tages verspekuliert. Aber was verlangt man eigentlich von uns? Alle wollen mit den Banken Geld verdienen. Doch wenn ein Geschäft danebengeht, müssen wir Banker den Kopf hinhalten. Wenn Sie mich übrigens verhaften wollen, nur zu, verhaften Sie mich.«

Ein heiseres Lachen, dann kehrte der quälende Husten zurück.

»Hör auf«, sagte Hunkeler. »Du sollst ihn nicht plagen,

es geht ihm äußerst schlecht.« Dann, sehr leise: »Stimmt das mit Waldmeier?«

»Ja, auf dem Kennedy-Airport in New York. Offiziell ist es noch nicht.«

»Das ist allerhand.«

»Ja, mein Lieber, es hat sich einiges geändert, seit du nicht mehr bei uns bist. Wir sind vernetzt bis zum Gehtnichtmehr, in alle Richtungen, mit allen möglichen Diensten. Ehrliche, saubere Polizeiarbeit ist kaum mehr gefragt. Sei froh, dass du nicht mehr dabei bist.«

War das jetzt hämisch gemeint oder ehrlich?

»Das meine ich übrigens ehrlich, das kannst du mir glauben. Manchmal vermisse ich dich.«

Hunkeler hatte zwei Bananen und einen Apfel gegessen. Die Bananen hatten wunderbar geschmeckt, der Apfel überhaupt nicht. Es war einer von diesen neuen Sorten, die zwar aussahen wie aus Tausendundeiner Nacht, rotwangig, gelb gesprenkelt, prall zum Zerspritzen. Biss man aber in eine dieser aufgedonnerten Schönheiten hinein, wähnte man sich in einem Friseursalon. Es schmeckte nach Parfum. Und zwar nach einem ziemlich ordinären. Kein Charakter, keine Säure, nichts. Genauso auswechselbar wie die Hohlköpfe, die so was fraßen. Und er, Hunkeler, gehörte jetzt auch dazu.

Er grinste bitter bei dem Gedanken. Er kam sich uralt vor. Wie ein Fossil, aufgetaucht aus der Zeit des dritten Schöpfungstages, als Gott der Herr die feste Erde vom Wasser trennte, direkt in dieses Spitalbett hinein. Er schaute zu seinem Nachbarn hinüber, der wie immer mit angewinkelten

Beinen dalag und unverständliches Zeug murmelte. So sah also der Fortschritt aus, wenn es ans Ende ging. Man lag in einem Bett, das in einem fremden Zimmer stand. Man wurde gepflegt von fremden Menschen, deren Namen man nicht kannte. Zum Beispiel von einer zierlichen Frauengestalt, deren Augenfarbe man nicht einmal hätte angeben können. Und man war froh, wenn wenigstens ein alter Kommissär neben einem lag, mit dem man ein paar Worte wechseln konnte. Dann, wenn man endlich tot war, wurde man aus dem Zimmer geschoben in den Lift, der zum Kühlraum hinunterfuhr. Stunden später, vielleicht auch zwei, drei Tage später, je nachdem, wie viel Leichengut anfiel, wurde man irgendwo verbrannt. Und kein Wort darüber, vorbei und vergessen.

Hunkeler kam sich fehl am Platz vor. Wie ein Stück Gemüse, eine Karotte zum Beispiel, die durch einen blöden Systemfehler ins Fach für Gefrierfleisch geraten war, in Kunststoff verpackt und perfekt vakuumiert. Am liebsten hätte er den Katheter entfernt und sich heimlich davongemacht. Aber war das überhaupt möglich? War die Pforte nicht rund um die Uhr besetzt, um fliehende Patienten abzufangen?

Madörin kam ihm in den Sinn, seine Behauptung, er vermisse Hunkeler. Wurde er tatsächlich vermisst? War es nicht eher umgekehrt? Nämlich so, dass Hunkeler sich nach Madörin sehnte, auch wenn der ihm auf die Nerven ging? Vielleicht war es das, was Hunkeler fehlte. Die Machtspielchen, der tägliche Streit.

Er schaute zum Nachttisch neben dem Bett, zum Wecker, der dort stand. Halb eins, mitten in der Nacht. Er lauschte, ob etwas zu hören war außer dem steten Murmeln nebenan. Ein Schritt, ein Wort, ein Schrei. Nichts – das ganze Krankenhaus schien zu schlafen.

»Die Zeit, die man gelebt hat«, sagte Hunkeler, »nimmt stetig zu. Und die Zeit, die man noch zu leben hat, nimmt stetig ab. Das ist eine Plattitüde. Aber es ist die traurige Wahrheit.«

»Gott sei Dank«, sagte der andere, »Sie sind noch da. Sie hören mir zu.«

»Nein. Ich meine bloß, dass diese Spannung schon in der Kindheit anfängt. Nur merkt man noch nichts davon. Weil man sich auf das Älterwerden freut. Im Alter ist das anders. Man stemmt sich gegen das Vergehen der Zeit, auch wenn das lächerlich ist. Denn die Zeit geht ohnehin weiter.«

»Sie haben eine Tochter, habe ich gehört?«

Hunkeler fragte sich, ob er darauf antworten sollte.

»Ja, eigentlich schon.«

»Und? Waren Sie ein guter Vater?«

»Nein. Unsere Wege haben sich bald getrennt.«

»Sehen Sie? Das Einzige, was wichtig war, haben Sie versäumt. Ich bin im Moment daran, alle meine Versäumnisse aufzuzählen. Es ist eine lange Reihe, die ich immer wieder vor mich hersage, um mich zu vergewissern, dass ich noch lebe. Sie wird jedes Mal länger. Ich suhle mich in meinen Fehlern. Vielleicht ist das menschliche Leben ein einziger großer Fehler, wer weiß?«

»So ein Blödsinn. Sie sollten sich schämen«, sagte Hunkeler.

»Warum?«

»Es gibt kein richtiges Leben im falschen. Haben Sie das

vergessen? Abgesehen davon haben wir doch alle die Kleinfamilie als Domestizierungsmaßnahme des Großkapitals abgelehnt.«

»Und trotzdem haben Sie geheiratet?«

»Ja. Weil wir es versuchen wollten. Außerdem war meine Freundin schwanger. Da wurde erwartet, dass man heiratet.«

»Und wo ist Ihre damalige Freundin jetzt?«

»Sie ist vor ein paar Jahren gestorben.«

»Und Ihre Tochter?«

»Sie lebt in den Vogesen, soviel ich weiß.«

»Sie haben sich also Ihrer eigenen Tochter entfremdet.«

»Blödsinn. Ich habe sie machen lassen. Ich hoffe, es geht ihr gut.«

Von draußen war der Schlag einer Turmuhr zu hören.

»Schlafen Sie eigentlich nie?«

»Nein«, sagte der andere. »Ich muss rechnen. Am Schluss, wenn ich sterbe, muss ich die Abrechnung kennen. Soll und Haben, verstehen Sie? Im Soll steht viel, im Haben fast nichts.«

»Trotz Ihrer Millionen?«

»Ach kommen Sie, Geld ist doch Dreck. Es macht schmutzig, je mehr man davon hat.«

»Das stimmt nicht. Nur wer kein Geld hat, muss sich die Hände bei der Arbeit schmutzig machen. Sie doch nicht. Sie wohnen jedenfalls nicht bei den Türken und Albanern in Kleinbasel, sondern im Bruderholz oben in der sauberen Luft.«

»Ja natürlich. Das heißt, im Moment wohne ich hier in diesem Spitalzimmer, einsam und verlassen. Abgesehen von Ihnen natürlich. Und dafür bin ich Ihnen sehr dankbar.«

»Vielen Dank. Aber Sie entschuldigen bitte. Ich möchte jetzt schlafen.«

Hunkeler griff zum Klingelknopf und drückte.

»Wissen Sie«, sagte Fankhauser, »wem ich mein Geld vermache? Nimmt es Sie wunder?«

»Ihrem Sohn, nehme ich an.«

Ein Husten, dann ein grässliches Krächzen.

»Falsch. Der bekommt nur den Pflichtteil. Den ganzen Rest habe ich dem Basler Zoo vermacht. Mein Sohn wird sich wundern, wenn er das hört. Er wird mich verfluchen. Aber so bin ich nun einmal. Die Gesellschaft hat mich zu dem gemacht, was ich bin. Zu einem Scheusal. Offenbar war das meine Bestimmung im Spätkapitalismus. Nichts von Solidarität, nichts von Genossenschaft. Homo homini lupus. Der Mensch ist dem Mitmenschen ein Wolf. Ein reißendes, böses Tier, das über seine Artgenossen herfällt. Haben Sie das begriffen, Herr Kommissär Hunkeler? Sagen Sie etwas, geben Sie Antwort. Finden Sie mich auch ein Scheusal?«

»Viktor Waldmeier geschieht es ganz recht«, sagte Hunkeler. »Es ist endlich an der Zeit, dass einige von Ihrer Sorte verurteilt und eingesperrt werden.«

Wieder das schreckliche Krächzen, das Ringen nach Luft.

»Falsch, völlig daneben. Sie träumen noch immer, Herr Kommissär. Waldmeier wird nie und nimmer verurteilt. Weil er zu viel weiß. Der ist nicht blöd, der hat etwas in der Hinterhand. Der wird sein Insiderwissen, seine Bankdaten, die er mit Sicherheit bei sich hat, den Amerikanern für viele

Millionen Dollar verkaufen und die Volkssparkasse verraten, ohne mit der Wimper zu zucken. Er wird sich an irgendeinem angenehmen Strand zur Ruhe setzen und ein frohes Leben führen.«

Das ging Hunkeler jetzt doch zu weit.

»Wer befiehlt eigentlich in der Schweiz?«, brüllte er. »Wir oder die Amerikaner?«

»Sehen Sie«, sagte der andere, »ich wusste es. Sie brüllen wieder los wie ein richtiger Schweizer. Brav, sehr brav. Nur total wirkungslos. Weil der Stärkere befiehlt. Und der Schwächere muss gehorchen. Die Stärkeren sind die Amerikaner. So einfach ist das.«

»Wir haben in der Schweiz die direkte Demokratie. In der direkten Demokratie befiehlt das Volk. Es bestimmt, was gilt in der Schweiz und was nicht.«

Er staunte ein bisschen über diese Sätze, die er da von sich gab. Aber sie kamen aus tiefstem Herzen. Denn am Ende war er halt doch ein überzeugter Schweizer Demokrat.

»Ein Eidgenosse von altem Schrot und Korn«, sagte der andere. »Freut mich, das zu hören. Nur wissen Sie ja selber, dass es pure Folklore ist.«

»Nein«, brüllte Hunkeler los. »Die Schweiz ist ein freier, souveräner Staat. Das ist die pure Wahrheit.«

Fankhauser schien sich zu ergötzen am hitzigen Gespräch. Ein heiseres Kichern war zu vernehmen.

»Eine Eidgenossenschaft«, sagte er, »in der alle zusammenstehen, gemeinsam beraten und beschließen, was zu tun ist, wie schön. Aber diese Genossenschaft besteht nur noch in Vorstellungen und Träumen. Vielleicht kann sie noch auf lokaler Ebene funktionieren, wenn man zum Beispiel über die Höhe der Hundesteuer abstimmt. Dagegen ist nichts einzuwenden. Aber die wichtigen Entscheide, die die Schweiz betreffen, werden längst nicht mehr in dieser Genossenschaft gefällt. Selbst unsere großen Geldinstitute, die zu den mächtigsten Banken der Welt gehören, können nicht mehr selber entscheiden. Es sind die Amerikaner, die die Regeln für die Schweizer Banken bestimmen. Ob das gerecht ist oder nicht, interessiert kein Schwein.«

Hunkeler sagte nichts mehr. Er fühlte sich nur noch müde und ausgelaugt.

»Vor Jahren«, fuhr der andere fort, »musste man eine Bank gründen, um viel Geld zu verdienen. Das ist heute nicht mehr nötig. Es genügt, dass man in einer Bank arbeitet. Dann kann man geheime Daten entwenden und für viel Geld ins Ausland verkaufen. Und genau das wird Viktor Waldmeier tun.«

»Schweigen Sie endlich. Ich will nur noch schlafen.«

»Gut, ich lasse Sie. Aber ich möchte mich herzlich bedanken für das angeregte Gespräch.«

Endlich ging die Tür auf, eine zierliche Frauengestalt in weißem Kittel erschien. Sie trug, wie letzte Nacht, ein blaues Kopftuch.

»Ich brauche eine Schlafpille«, sagte Hunkeler. »Aber bitte eine, die wirkt. Wie heißen Sie, wenn ich fragen darf?«

Sie legte den Zeigefinger an ihre Lippen. Ein Hauch von Zimt umgab sie, kaum wahrnehmbar, aber eindeutig.

»Es stört Herrn Fankhauser nicht, wenn wir uns unterhalten«, sagte er. »Wir hatten ein angeregtes Gespräch. Jetzt ist er wohl erschöpft.«

Ihre Augen schienen zu lächeln, waren sie grünlich grau? Ein sehr feines Gesicht, wie Porzellan. Sie gab ihm die Pille, er spülte sie mit einem Schluck Wasser hinunter. Er sah, dass sie am rechten Mittelfinger einen Rubin trug. Sie lächelte noch immer und nickte ihm freundlich zu.

»Dann gute Nacht«, sagte er.

Sie blieb neben seinem Bett stehen, und er roch den Zimtgeruch jetzt deutlich. Er wollte etwas sagen dazu, ein Kompliment, wie gut sie dufte. Er ließ es bleiben. Er spürte, wie die Pille zu wirken begann.

Nach einer Weile, er war schon beinahe eingeschlafen, sah er, wie sie eine Spritze aus der Kitteltasche nahm und zu Fankhauser ans Bett trat. Sie schlug seine Decke zurück und legte seinen Bauch frei.

»Was tun Sie da, Schwester?«, fragte Fankhauser. »Ich brauche jetzt keine Spritze. Erst am Morgen wieder.«

Er hob die Hände, um sich zu wehren. Aber er war zu schwach. Sie stieß ihm die Spritze entschlossen und unerbittlich in den Bauch.

Es war diese seltsame Unerbittlichkeit, die Hunkeler erschreckte. Was war das für eine Frau, die plötzlich so gnadenlos zustach? Träumte er? Hielt ihn ein Angsttraum gefangen, in dem eine junge, schöne Frauengestalt als Racheengel auftrat? Er versuchte, die rechte Hand zu heben und etwas zu sagen. Es gelang ihm nicht.

Die Frau zog die Spritze zurück. Sie blieb am Bett stehen, sie wartete reglos.

»Das hätten Sie nicht tun dürfen«, sagte Fankhauser, »auf gar keinen Fall.«

Er wollte aufstehen, mit letzter Kraft, aber er sank zurück

aufs Bett. Er atmete mühsam, er röchelte. Dann schnappte er mit aufgesperrtem Mund nach Luft, mehrmals hintereinander. Er erschlaffte, es war kein Atmen mehr zu hören.

Die Frau stand nach wie vor bewegungslos, den Blick auf Fankhausers Gesicht gerichtet. Nach einer Weile legte sie die Spritze wieder in die Tasche. Sie tat das sehr langsam. Es war, als würde sie aus einem Traum erwachen. Dann wandte sie sich von Fankhauser ab und schaute zu Hunkeler, der mit immer noch offenen Augen dalag. Ein feines Lächeln erschien auf ihrem Gesicht. Sie legte den Zeigefinger an die Lippen, sie nickte ihm zu. Dann ging sie hinaus.

Am andern Morgen kriegte Hunkeler die Augen kaum auf, so belämmert war er noch von der Pille. Als ihm das Frühstück gebracht wurde, sah er, dass das Bett nebenan leer war. Das beunruhigte ihn nicht weiter, nach ein paar Schlucken Kaffee schlief er gleich wieder ein.

Um zehn teilte ihm ein Assistenzarzt mit, dass Dr. Fankhauser in der Nacht verschieden sei. Da wurde Hunkeler sofort hellwach.

»So plötzlich? Woran ist er gestorben?«

»Herzversagen«, sagte der Arzt. »Er war schon längere Zeit moribund.«

»Es geht so. Er hat noch wacker mit mir disputiert.«

»Ich weiß. Das war seine Art, gegen den Tod anzukämpfen. Aber am Ende ist er friedlich eingeschlafen. Die Nachtschwester konnte bei ihrem letzten Kontrollgang um halb sechs nur noch seinen Tod feststellen. Es ist sicher das Beste für ihn, dass er gehen konnte.«

»Wie heißt diese Nachtschwester?«

»Lydia Siegenthaler. Eine Medizinstudentin.«
»War es die gleiche wie in der vorherigen Nacht?«
»Ja sicher. Sie hat die ganze Woche Nachtdienst. Warum?«
»Weil ich einen schrecklichen Alptraum gehabt habe.«

Hunkeler blieb insgesamt fünf Nächte im Krankenhaus. Am Morgen des sechsten Tages beharrte er darauf, sogleich entlassen zu werden. Sie hätten ihn gerne noch zwei Nächte dabehalten, aber er wollte nicht mehr.

Zu Hause in seiner Wohnung in der Mittleren Straße lag er meist auf dem Bett, döste vor sich hin oder versuchte zu lesen. Auch wenn das am Anfang nicht gut ging. Er schlief immer wieder ein, das offene Buch in der Hand.

Er hatte sich zwei dicke Wälzer über den Ersten Weltkrieg gekauft. Romane las er schon seit längerem nicht mehr, erfundene Geschichten ödeten ihn an. Er war begierig nach Fakten. Er wollte wissen, warum und wie vor hundert Jahren das große Morden begonnen hatte, das Europa in den Untergang riss.

Besuch wollte er keinen haben, auch von Hedwig nicht. Er müsse zuerst wieder in sich selber hineinsinken, hatte er ihr gesagt, Äpfel, Orangen und Bananen essen, Tee trinken und den Eingriff in seinen Unterleib verdauen. Denn der Körper vergesse nicht so leicht, was mit ihm geschehen sei.

Jetzt, es war der späte Morgen des 17. März, saß er in seinem Kleinwagen und fuhr durch die Hegenheimerstraße Richtung Grenze. Es goss in Strömen. Der linke Scheibenwischer kratzte, er hätte ihn längst ersetzen müssen. Der schwere Laster vor ihm mit einer Wanne voll Bauschutt ließ plötzlich die Bremslichter aufleuchten. Hunkeler trat auf die

Bremse. Er spürte sein Herz pochen, es schlug sehr schnell. Nur ruhig, alter Mann, sagte er sich. Du musst überhaupt nichts, du hast alle Zeit der Welt.

Die ersten Schrebergärten tauchten auf, der Förderturm des Kieswerks, schwach erkennbar im verregneten Nebel. Kieshaufen, aus dem Schotter der Rheinebene herausgerissen, nach Größe sortiert. Rostige Bagger und Betonmischer, Autowracks. Dann die beiden Häuschen des Zolls, unbewohnt, dunkel.

Er spürte, wie er sich beruhigte. Das war stets so, wenn er über die Grenze fuhr. Es goss zwar noch immer wie aus Kübeln, so dass er Mühe hatte, die Spur zu halten. Aber irgendwie schien es anders zu regnen, bedächtiger, ruhiger.

In Hegenheim parkte er vor der Metzgerei. Er kaufte Schinken, Leberpastete und Schweinswürste. In der Bäckerei daneben eine Baguette. Jetzt konnte ihm nichts mehr passieren, schien ihm. Und fast fröhlich fuhr er weiter.

Am Ortsausgang von Hésingue stand immer noch das Bauernhaus mit dem großen Vordach, unter dem er als Siebzehnjähriger sechs Stunden lang gewartet hatte, bis ihn jemand mitnahm. Er hatte zusammen mit einem Freund beschlossen, per Autostopp nach Paris zu fahren. Sie hatten hier gewartet, geduldig, ihrer selbst gewiss. Es wartete die weite, grenzenlose Welt.

Das kam ihm jedes Mal in den Sinn, wenn er hier vorbeifuhr. Und jedes Mal war er erstaunt, dass sich dieses Warten so klar und schön in seine Erinnerung eingegraben hatte.

Jetzt stand ein alter Mann mit roter Jacke und Rucksack da und hob den Daumen Richtung Altkirch. Ein Autostopper, tatsächlich. Hunkeler erkannte ihn sofort. Es war der Kunstmaler Christian Moor aus Basel, der in Knoeringue ein altes Riegelhaus besessen hatte. Vor kurzem hatte er es verkauft, wie Hunkeler zu Ohren gekommen war.

Er hielt an, lehnte sich hinüber und öffnete die Beifahrertür.

»Was tun denn Sie hier? Kommen Sie, ich nehme Sie mit.«

»Danke.«

Moor stieg ein und zog die Tür zu. Langes, graues Haar, aus dem es in seinen Nacken tropfte, Dreitagebart. Er roch nach Wein. Er schaute starr geradeaus durch die Windschutzscheibe. Hunkeler stellte den Motor ab.

»Was ist los?«

»Ich bin abgehauen«, sagte der Maler, »heute Morgen früh. Ich bin alles zu Fuß gelaufen, bis hierher. Jetzt ist Schluss, ich habe keine Kraft mehr.«

Hunkeler tastete in seiner Jackentasche nach den Zigaretten und steckte sich eine an. Da ihm sogleich schwindlig wurde, warf er sie aus dem Fenster.

»Wo sind Sie abgehauen?«

»Aus der Friedmatt.«

»Und warum waren Sie in der Friedmatt?«

Jetzt drehte der Mann den Kopf und schaute ihn an. Hellblaue Augen, das Weiß mit rötlichem Schimmer, voller Angst.

»Soll das ein Verhör sein?«

»Ja«, sagte Hunkeler, »weil ich sehe, dass es Ihnen nicht gutgeht.«

»Ich habe mein Lager angezündet.«

»Mit Ihren Bildern drin?«

»Ich wollte das alles zerstören. Warum, weiß ich nicht genau. Ich konnte die Bilder schlicht nicht mehr sehen. Erst war es ein helles, starkes Feuer. Dann hat es nur noch vor sich hin gemottet, und ich habe versucht zu löschen. Mit dem Feuerlöscher. Dann bin ich ohnmächtig geworden. Mein Nachbar, der nebenan eine Schreinerei hat, hat mich gefunden.«

»Herrgottsack«, sagte Hunkeler, »Sie machen Geschichten.«

»Ich gehe nicht in die Friedmatt zurück. Auf gar keinen Fall. Die wollen nur eines: dass man sich nicht umbringt. Alles andere interessiert sie nicht. Ruhigstellung, das ist das Wort. Dabei ist das Leben nichts anderes als Unruhe. Ruhig gestellt sind wir erst im Grab.«

Er holte eine Plastiktüte aus dem Rucksack.

»Da drin sind acht Sorten Pillen. Zum Einschlafen, zum Aufwachen, und damit man den Tag hindurch seine Probleme vergisst. Damit verdienen die Herren der Chemie ihre Milliarden, auch in Basel. Damit ist jetzt Schluss.«

Er öffnete die Beifahrertür und warf die Tüte hinaus.

»Niemand kann Sie zwingen, in der Friedmatt zu bleiben«, sagte Hunkeler. »Es sei denn, Sie sind akut suizidgefährdet.«

»Das sind wir doch alle. Vielleicht sollten wir uns alle umbringen. Dann hätte die ganze Geschichte endlich ein Ende. Glauben Sie nicht?«

Hunkeler steckte sich eine zweite Zigarette an. Drei tiefe Züge, er fand jetzt, das tat ihm wohl.

»Vielleicht sollten Sie die Tabletten weiterhin nehmen, für eine gewisse Zeit wenigstens. Die Ärzte kennen sich aus.«

»Nein, nie mehr. Rotwein ist besser.« Er versuchte zu lächeln, es ging nicht gut. »Warum hören Sie mir überhaupt zu?«

»Weil ich Zeit habe.«

»Das ist außergewöhnlich. Niemand sonst hat Zeit. Auch in der Friedmatt nicht. Niemand will zuhören. Alle wollen selber reden. Glauben Sie nicht, dass das die Krankheit unserer Zeit ist?«

»Sie philosophieren«, sagte Hunkeler. »Und das ist gut so. Es geht Ihnen folglich schon besser. Wo wollen Sie eigentlich hin?«

»Nach Knoeringue, in die Wirtschaft.«

Hunkeler startete den Motor und kurvte auf die Straße zurück. Sie fuhren durch die Platanenallee zur Hochebene hinauf. Oben ging der Regen in leichtes Schneetreiben über. Die Felder lagen weiß, aufgesogen von feinem Nebel, der die Sicht behinderte.

»Das Paradies«, sagte Moor. »Vor hundert Jahren sind die Maler nach Marokko gereist, weil sie im hellen afrikanischen Licht malen wollten. Jetzt sehen Sie einmal diese Weiß- und Grautöne hier, wie das ineinander übergeht und sich umarmt. Das ist die eigentliche Herausforderung für den Maler, diese Symbiose von Weiß und Grau.«

»Sie werden wieder malen«, sagte Hunkeler, »wenn Sie so reden.« Und nach einer Weile: »Eigentlich war das Brandstiftung, was Sie gemacht haben. Auch wenn es Ihr eigenes Hab und Gut war. Dann wäre also die Polizei zuständig.«

»Ist das Ihr Ernst? Ich habe gemeint, Sie seien in Rente?«

»Stimmt. Vergessen wir es.«

Bei Trois Maisons bog er nach links ab. Schneematsch lag

auf der Straße. Drüben am Waldrand war schwach der Umriss eines Betonbunkers zu erkennen, ein langgezogenes gestrandetes Tier aus dem Ersten oder Zweiten Weltkrieg oder aus grauer Vorzeit. Dann ein Bach, ein paar Krähen auf einem abgeernteten Maisfeld. Die ersten Häuser von Knoeringue. Riegelbauten, die Eichenbalken dunkel, das Gefach hell schimmernd. Mitten im Dorf die gotische Kirche mit dem Friedhof ringsum. Daneben die Wirtschaft Stoller.

»Sind Sie hier gut aufgehoben?«, fragte Hunkeler.

»Ja. Ich bin mit der Wirtin befreundet. Vielen Dank. Kommen Sie einmal vorbei, dann trinken wir einen Halben zusammen.«

»Abgemacht.«

Hunkeler fuhr weiter durch das Hundsbachtal. Eine weitläufige Landschaft, bei klarer Sicht hätte man im Nordwesten die Vogesen gesehen. Jetzt konnte man nur schemenhaft einen Bachlauf ausmachen, Büsche, Weiden, Erlen. Kein Mensch war unterwegs, der Schnee auf der Straße lag unberührt.

Moors Satz von der Symbiose aus Weiß und Grau kam ihm in den Sinn, wie sie sich umarmen. War das nicht eine mögliche Definition der Depression? Der Mann war angeschlagen, das war Hunkeler sofort klar gewesen. Betrunken war er nicht, trotz der geröteten Augen. War es verantwortbar, ihn in seiner Not allein zu lassen?

Aber Moor hatte recht, Hunkeler war in Rente. Fremdes Elend betraf ihn nicht mehr. Dafür waren andere zuständig.

Er erinnerte sich an eine Ausstellung Moors, die er vor Jahrzehnten gesehen hatte, in einer angesehenen Galerie. Rein formale, abstrakte Bilder, die eine seltsame Affinität zu realen Landschaften hatten. Weiß und Grau. Ein Grau, das sich von den Rändern her ins Weiß hineindrängte, von ihm Besitz nahm, es langsam zudeckte. Schöne, geheimnisvolle Bilder. Und Moor hatte gut verkauft.

Hunkeler hatte sich schon immer gewundert, dass es Maler gab, die zeitlebens das gleiche Bild malten, vielmehr zu malen versuchten. Ganz schafften sie es offenbar nie, sonst hätten sie es nicht immer wieder versucht. Auf den Versuch kam es wohl an, nicht auf die Perfektion.

Er parkte vor seinem Haus. Die beiden Katzen, die das Geräusch seines Automotors kannten, kamen angerannt. Voraus die getigerte, hinterher die schwarzweiße, die etwas ängstlicher war.

Er ging hinein und machte Feuer, erst im Küchenherd, dann in der Stube, und setzte Teewasser auf. Anschließend ging er hinaus zum Hühnerstall, um zu sehen, ob es Eier gab. Es lagen zwei da. Er nahm sie und schaute den Hühnern zu, wie sie im Schnee scharrten. Hahn Fritz war auch dabei, obschon er eher wie ein halb gerupftes Suppenhuhn als wie ein stolzer Gockel aussah.

»Fritz, alter Kämpe«, sprach Hunkeler ihn an, »du hältst dich wacker, obwohl du in Rente bist. Aber noch scharrst du im Schnee, noch pickst du im Gras. Halte durch, scharre weiter. Der Schnee ist bald weg. Es wird Frühling werden, und du wirst wieder krähen in der Morgendämmerung wie in deinen besten Tagen.«

Am Abend kam Hedwig. Sie saßen in der warmen Küche und aßen Schinken und Leberpastete und die zwei Eier. Dazu tranken sie eine Flasche Beaujolais. Hedwig erzählte von ihrer Arbeit im Kindergarten, der sich in einem Ausländerviertel befand.

»Mit den Kindern würde es eigentlich gut klappen«, sagte sie, »die sind es gewohnt, dass nicht alle die gleiche Sprache reden. Mit den Müttern geht es auch leidlich. Sie wollen zwar wissen, wer ich bin. Aber wenn sie mich kennengelernt haben, lassen sie mich machen. Die Väter hingegen sind zum Teil widerliche Kotzbrocken. Heute war einer da, der hat mich angeschrien, er wolle nicht, dass seine Tochter Baseldeutsch lerne. Aber Baseldeutsch ist doch die Umgangssprache in dieser Stadt. Wie soll man sich denn sonst verständigen?«

»Männer sind halt Platzhirsche«, sagte Hunkeler.

»Du hast gut reden. Du schiebst eine gemütliche, ruhige Kugel.«

Darauf sagte er nichts. Sie merkte, dass sie ihn verletzt hatte.

»Habe ich dich jetzt verletzt?«

»Nein. Du hast ja recht.«

»Entschuldigung. Komm, wir lassen die Gläser klingen.«

Sie stießen an.

»Wie geht's dir denn, alter Mann?«

»Ich habe den Maler Moor mitgenommen«, erzählte er, »er hat in Hésingue Autostopp gemacht.«

»Der mit den grauweißen Bildern?«

»Ja, der. Er hat gemeint, dass wir nicht mehr zuhören können. Das sei die Krankheit von heute.«

»Wo wollte er hin?«

»Nach Knoeringue in die Wirtschaft.«

Sie brach ein Stück der Baguette ab.

»Herrlich«, sagte sie. »Das erinnert mich immer an Paris, wenn ich ein Stück Baguette abbreche. Du bist übrigens einer der wenigen Menschen, die wirklich zuhören können. Weil du dich dem Augenblick hingeben kannst. Ich glaube, das ist der Hauptgrund, dass ich dich liebe. Weil du neugierig bist. Aber was will Moor denn in der Wirtschaft in Knoeringue?«

»Er hat seine Bilder verbrannt. Er ist deswegen in die Friedmatt gekommen und abgehauen.«

»Um Gottes willen. Männer können einfach nicht alt werden.«

Hunkeler schwieg. Sie fasste ihn ins Auge, kühl und genau.

»Sag einmal, du hast ja eine richtige Depression.«

»Blödsinn.«

»Doch, ich sehe es dir an. Erzähl, was ist passiert?«

»Nichts.«

»Doch. Wenn du nichts erzählst, kann ich auch nicht zuhören. Los, trink noch ein Glas.«

Sie schenkte ihm nach.

»Also gut. Aber es dauert eine Weile.«

»Die Nacht ist noch jung, der Morgen weit weg.«

»Es ist so«, sagte er, »dass ich in den letzten Tagen und Nächten in meine Erinnerung zurückgesunken bin. Ich habe mich gefragt, was ich in meinem Leben eigentlich getan habe, was erwähnenswert ist.

In Hésingue steht am Ausgang des Dorfes ein kleines Bauernhaus mit Vordach. Dort habe ich, als ich siebzehn war, mit meinem Freund Anton sechs Stunden lang auf ein Auto gewartet, das uns mitnahm. Wir hatten vor, nach Paris zu trampen. Am ersten Tag sind wir bis nach Vesoul gekommen. Als es dunkel wurde, sind wir ein paar Schritte von der Straße weggegangen und haben in einer Wiese geschlafen. Am Morgen haben wir uns wieder an die Straße gestellt. Am Abend waren wir in einem Vorort von Paris. Wir hatten die Adresse einer Jugendherberge im Süden der Stadt, in Malakoff. Wir sind zu Fuß hingegangen, drei Stunden lang. Um Mitternacht waren wir da. Aber es gab dort nur noch eine riesige Baugrube. Wir haben uns auf eine Bank gesetzt und den Rest eines Brotes gegessen. Dann hat einer dieser schwarzen, tiefliegenden Citroëns angehalten. Ein junger Polizist stieg aus und fragte, was wir hier täten. Warten, haben wir gesagt. Einsteigen, hat er gesagt. Sie fuhren uns eine halbe Stunde durch die Gegend, ihre übliche Streife. Der Wagen hielt vor einem Polizeiposten, wir gingen hinein. Der junge Flic öffnete eine Zelle und gab uns zwei Wolldecken, wir sind sofort eingeschlafen.

Am Morgen weckte uns der Duft von Kaffee. Wir wurden an einen Tisch gebeten, es gab Café au lait und für jeden ein Croissant. Bonne chance!, sagte der Flic, und wir trotteten weiter.«

»Und deshalb bist du depressiv?«, fragte Hedwig. »Das ist doch eine wunderschöne Geschichte.«

»Sie geht weiter«, sagte er. »Und sie wird noch schöner. Am späten Abend fanden wir in der Cité eine andere Jugendherberge. Sie war überfüllt. Ich hängte meine Jacke an die Wand, mit meinem Pass drin und dem Geld, das ich für die Reise gespart hatte. So sorglos war ich, so naiv. Wir schliefen auf dem Fußboden. Am Morgen, als ich die Jacke anzog, merkte ich, dass mein Geld weg war. Der Pass war noch da. Wir beratschlagten und kamen zum Schluss, dass das Geld, das Anton bei sich hatte, nicht ausreichte für eine Woche Paris. Aber um ans Meer zu trampen, würde es für beide reichen.

Wir blieben noch eine Nacht in Paris, waren auf dem Eiffelturm, im Louvre und auf dem Montmartre, und dann fuhren wir per Autostopp weiter in die Normandie, nach Cherbourg. Dort haben wir uns den Hafen und das Meer angeschaut und Muscheln gesammelt. Dann sind wir quer durch Frankreich zurück nach Basel getrampt, wir haben uns die Kathedrale von Chartres angesehen. Wir haben bei Bauern übernachtet, im Stall oder in der Scheune. Meist haben sie uns Brot gegeben am Abend und eine Kachel Milch am Morgen.

Einmal hat uns die Bäuerin in den Stall geführt, in einen Verschlag für die Kälber. Sie hat uns gute Nacht gewünscht und ist zurückgegangen ins Wohnhaus. Wir dachten schon, wir müssten ohne Essen einschlafen. Doch dann ist ein fünfzehnjähriges Mädchen gekommen mit einem Tablett. Auf dem Tablett waren Brot und Käse, eine Karaffe mit Wasser und eine Karaffe mit Wein. Aber das Schönste war das Mädchen. Wir haben es angestaunt, und es hat uns angestaunt.

In Hésingue bei jenem Haus kommt mir immer wieder diese Reise nach Paris in den Sinn. Meine damalige Immunität, meine Unberührbarkeit. Obschon ich alles einsog, was einzusaugen war. Ich wusste, es konnte mir nichts passieren. Ich wusste auch, dass diese Reise für mich bestimmt war. Für niemand anderen, nur für mich.

Als ich heute Morgen den alten Mann dort stehen sah, bin ich erschrocken. Er war nur noch ein Häufchen Elend, jemand, der seine Spuren zu tilgen versucht. Eingenebelt von Psychopharmaka, gezeichnet vom Rotwein. Sein Haus verkauft, sein Werk verbrannt. Er wird froh sein, bei der Wirtin in Knoeringue ein bisschen Gesellschaft zu finden.«

»Und du meinst, dir könnte es ähnlich ergehen?«

Er schwieg.

»So ein Schwachsinn. Du hast mich. Du hast die Rente und dieses Haus. Es ist das Krankenhaus, das dich depressiv gemacht hat. Die Anästhesie, der Eingriff in deinen Körper. Davon musst du dich erholen. Übrigens ist das, was du eben erzählt hast, wunderbar.«

»In den Nächten im Spital«, fuhr er fort, »konnte ich nicht schlafen. Ich habe geklingelt, dann ist die Nachtschwester gekommen und hat mir eine Schlafpille gegeben. Eine junge, schöne Gestalt mit braunen Augen. In der dritten Nacht ist eine gekommen mit grüngrauen Augen. Sie hat nach Zimt geduftet, sonst sah sie gleich aus. Sie hat mir die Pille gegeben. Sie hat gewartet, bis die Pille zu wirken begann. Dann hat sie meinem Nachbarn, dem Fankhauser, eine Spritze in den Bauch gesetzt. Sie hat wortlos zugeschaut, wie er zu röcheln begann und nach Luft schnappte. Ich war wie gelähmt. Dann hat mich der Schlaf übermannt. Am andern Morgen vernahm ich, Fankhauser sei gestorben.«

Er sah, wie sie erschrak.

»Er war doch todkrank«, sagte sie, »man sah ihm an, dass er bald sterben würde.«

»Trotzdem. Wenn das stimmt, was ich gesehen habe, war es absichtliche Tötung. Also ein Mord.«

»Aber warum denn? Vielleicht wollte sie ihn erlösen.«

»Nein, dazu war sie zu unerbittlich. Sie hat es getan wie eine Rächerin.«

»Woher willst du das wissen? Vielleicht war in der Pille Morphium enthalten, und du hast halluziniert. Bist du überhaupt sicher, dass es eine andere Nachtschwester war als in den übrigen Nächten?«

»Sie hatte andere Augen. Sie hat anders geduftet. Sie trug einen anderen Ring.«

»Das Parfum kann man wechseln. Einen Ring auch.«

Sie erhob sich, holte eine zweite Flasche und öffnete sie langsam. Er merkte, dass sie einen Ausweg suchte. Sie fand fast immer einen.

»Trink noch ein bisschen Wein. Sonst kannst du nicht schlafen.«

Er trank. Sie schenkte nach.

»Das war ein Traum«, sagte sie. »Eine böse, schreckliche Angstphantasie. Du wirst dir doch nicht einen eingebildeten Mordfall aufhalsen, jetzt, wo du dich erholen musst. Für Fankhauser war es ein Glück, dass er hat sterben können. Vergiss ihn, lass ihn ziehen. Und vergiss auch den alten Moor. Er ist nichts anderes als eine verkrachte Künstlerexistenz. Denk lieber an deinen Aufbruch nach Paris. An die Muscheln, die du in Cherbourg gesammelt hast.«

Am frühen Morgen erwachte er in Hedwigs Bett. Er spürte ihre Hand an seinem Hinterkopf, ihren Atem am Hals. Er spürte auch den Wein, er hatte zu viel getrunken. Aber er hatte gut geschlafen.

Von draußen war Hahn Fritz zu hören, der gegen die Dämmerung ankrähte.

Er erhob sich und trat ans offene Fenster. Draußen lag

erstes Licht über der verschneiten Wiese. Der Himmel war klar. Vom Birnbaum her hörte er ein feines Zwitschern. Er schaute genau hin. Richtig, dort saß ein Hausrotschwanz mit schwarz glänzender Brust, frisch aus seinem südlichen Winterquartier zurückgeflogen.

Am Samstag, dem 22. März, saß Hunkeler in einer Bank des Basler Münsters und lauschte den Worten von Dr. Albert Debrunner, Alt-Regierungsrat der freisinnigen Partei, der die Totenrede für Dr. Fankhauser hielt. Ein festlicher Anlass, das Münster war voll.

Da sich Hunkeler in den kalten Tagen im Elsass eine Erkältung zugezogen hatte, war seine Nase verstopft. Er zog sein Taschentuch hervor, breitete es aus und schneuzte sich. Heraus kam ein Geräusch, einem Trompetenstoß vergleichbar, das offenbar als störend empfunden wurde. Es drehte zwar niemand den Kopf zu ihm. Kein Zischeln, kein Flüstern. So etwas machte man in Basel nicht, es hätte als unfein gegolten. Aber die Empörung war deutlich spürbar. Dr. Debrunner auf der Kanzel oben verstummte. Er suchte mit bösem Blick den Störenfried in der Trauergemeinde, so dass Hunkeler erstarrte.

»Ein unersetzlicher Verlust für unsere Vaterstadt«, hob der Redner jetzt wieder an. »Dr. Fankhauser hinterlässt eine Lücke, die von niemandem auszufüllen ist. Es ist dies ein Merkmal aller großen Männer, dass sie einmalig und nicht wiederholbar sind. Es bleibt uns nichts anderes, als uns vor dem Toten voller Dankbarkeit zu verneigen. Wir werden uns mit aller uns zur Verfügung stehenden Kraft und Klugheit bemühen, die Angriffe auf unsere Stadt abzuwehren und die Fackel, die er entflammt hat, weiterzutragen.«

Dies waren die Schlussworte der Rede. Und Hunkeler wurde von einem Niesreiz erfasst, der nicht zu unterdrücken war. Er riss sein Taschentuch wieder hervor, um sich damit die Nase zuzuklemmen. Wieder spürte er eine wachsende Empörung um sich herum. Mit letzter Kraft hielt er den Atem an.

Da setzte die Orgel ein, mit wuchtigen Bässen, die den hohen Raum bis zur Decke füllten und die Seelen der Trauergemeinde erbeben ließen. Hunkeler prustete los, dreimal hintereinander. Es musste sein, es war nicht zu ändern. Dann schneuzte er sich und steckte das Taschentuch wieder ein. Erleichtert hörte er zu, wie die riesigen Pfeifen hoch oben an der Rückwand des Mittelschiffes losorgelten. Irgendetwas Fugenartiges aus der Barockzeit. Was ihm gefiel.

Als Erste erhob sich vorne unter der Kanzel die geschiedene Sabine Fankhauser-Wackernagel. Sie trat vor den Altar und verneigte sich stumm vor der Urne, die dort inmitten roter Rosen stand. Sonst waren keine Blumengebinde und Kränze da. Man solle der Krebsliga gedenken, war in der Todesanzeige zu lesen gewesen.

Hunkeler hätte eigentlich erwartet, den Sohn, von dem ihm Fankhauser erzählt hatte, an der Seite seiner Mutter zu sehen. Aber offensichtlich war er nicht anwesend.

Dann trat Debrunner auf die Witwe zu. Er wartete geduldig, bis sie sich vom Altar abwandte. Er ergriff ihre Hand und ließ es mit versteinerter Miene geschehen, dass sich die Frau mit überraschender Zärtlichkeit einen Augenblick an ihn lehnte, als erwarte sie Hilfe von ihm. Ein bisschen zu intim, wie man allgemein feststellte. Aber wieder schwoll der Klang der Orgel mächtig an und spülte Bedenken jeglicher Art hinweg.

Hunkeler blieb mehrere Minuten sitzen. Er hätte ohnehin keine Chance gehabt, seine Bank zu verlassen. Es waren zu viele Leute da. Denn Fankhauser war eine imposante Persönlichkeit gewesen. In einfache Verhältnisse hineingeboren, wie Debrunner ausgeführt hatte, der Vater Grenzwächter in Riehen. Dann das Studium, die bewegte Zeit des revolutionären Aufbruchs mit Marx und Ho Chi Minh im Knopfloch, was dem überschäumenden Temperament der Jugend zuzuschreiben war. Aber schon bald hatte der promovierte Jurist auf den Boden der Realität zurückgefunden, indem er in den Dienst der Basler Volkssparkasse eintrat. Und in der schwierigen Zeit der rücksichtslosen Angriffe aus dem Ausland hatte er die BVS als deren Direktor standhaft verteidigt.

Im Mittelschiff begann jetzt die Parade der Honoratioren, angeführt von Dr. Schmidlin mit Sabine Fankhauser am Arm. Er bekleidete das neu geschaffene Amt des Stadtpräsidenten, indem er sich in kulturelle Belange jeglicher Art einmischte. Denn Basel war eine Kulturstadt. Wer etwas auf sich hielt, war kulturell tätig, und sei es auch nur, indem er lautstark die Frage stellte, was denn Kultur eigentlich sei.

Hinter Schmidlin reihten sich Basels Würdenträger ein. Es waren auch ein paar wenige Würdenträgerinnen dabei. Erst schritten die Politiker, stadtbekannte Gesichter aller Fraktionen, mit zurückhaltender Trauer dem Ausgang zu.

Es folgten die Leiter der kulturellen Institutionen, ein paar Manager der chemischen Industrie und einige in Ehren ergraute Männer aus dem Bankgewerbe, samt ihren schwarz verschleierten Frauen. Die zeigten sich fast nie in der Öffentlichkeit, außer an der Fasnacht, wenn sie durch die Gassen trommelten und pfiffen. Aber dann trugen sie Larven.

Hunkeler kannte fast alle diese Damen und Herren. Nicht privat, nur vom Sehen. Einfach deshalb, weil man sich hier früher oder später über den Weg lief. Gerade weil Basel eine durch und durch urbane Stadt ohne Hinterland war, funktionierte sie wie ein Dorf, in dem die Alteingesessenen im Verborgenen die Fäden zogen. Ein zugezogener Aargauer, wie Hunkeler einer war, würde nie dahinterkommen, wie diese Fäden liefen. Er wollte es auch nicht.

Als sich seine Bankreihe geleert hatte, trat er ins linke Seitenschiff hinaus und ging nach vorn zum romanischen Relief, welches das Martyrium des heiligen Vinzenz zeigte. Vier Stationen waren es, die im Feuertod des Heiligen endeten. Das eindrücklichste Kunstwerk im ganzen Münster, abgesehen vom goldenen Heinrichs-Altar, den die Baselbieter dummerweise ans Musée de Cluny in Paris verkauft hatten, nachdem sie 1833 ihre Selbständigkeit erstritten hatten.

Vor dem Relief stand Antoinette Oser, welche die freisinnige Fraktion im Großen Rat präsidierte. Sie unterhielt sich flüsternd mit zwei Herren, die ihrem Idiom nach aus Zürich kamen. Hunkeler hörte ihr zu, als sie auf die steinernen Raben zeigte und erklärte, diese würden als Aasfresser auf den Leichnam warten, um ihn zu verschlingen.

»Nein«, sagte Hunkeler, »das ist ein Irrtum. Die Raben

warten nicht auf das Aas. Sondern sie sind dem Vinzenz heilig und beschützen seine Seele.«

Es traf ihn ein giftiger Blick, der ihn beinahe durchbohrt hätte.

Er ging weiter und schaute zu, wie ein Mann die Urne auf ein kleines Gefährt lud und wegfuhr. Nur die Rosen lagen noch da. Sie verströmten einen eigenartig morbiden Duft. Der Organist auf der Empore oben ließ die Pfeifen dröhnen, die Allmacht des strafenden Gottes zu verkünden. Hunkeler gab sich dieser Musik sehr gern hin. Er hatte einiges übrig für Theatralik, auch wenn er längst nicht mehr ins Theater ging. Aber hier, in der Vierung des alten Bauwerks stehend, ließ er sich ein Konzert gefallen. Eigenartig, dachte er, wie sich diese Baurelikte christlichen Glaubens und christlichen Geldes durch die Jahrhunderte erhalten hatten, von Konstanz über Basel, Freiburg und Straßburg bis nach Köln hinunter. Dem Einfall der Hunnen hatten sie getrotzt, der Reformation und sogar den Bomben des Zweiten Weltkriegs. Und noch heute, in einer Zeit, in der sich die Mächtigen längst nicht mehr des Kreuzes bedienten, um ihre Interessen durchzusetzen, verabschiedete man sich von einem dieser Mächtigen in einem christlichen Tempel.

Ein eindrücklicher Raum, einem Buchenwald gleich in die Höhe strebend zum Kreuzrippengewölbe hinauf, das sich schwebend darüberbog. Dort oben, in der Arkade rechts über der Kanzel, erschien jetzt, wie aus dem steinernen Boden gewachsen, eine zierliche Frauengestalt in hellem Gewand, das Haar von einem blauen Kopftuch verhüllt. Sie stand reglos und fasste den ganzen Raum ins Auge, von der

Rosette über der Orgel bis hin zu den farbigen Fenstern des Chors. Dann hob sie die rechte Hand zu einer langsamen, segnenden Gebärde.

Hunkeler schaute sich um. Die Kirche hatte sich geleert, er stand allein da. Nur die Orgel war zu hören, die sich zum finalen Crescendo steigerte.

Er blickte wieder hoch. Die Gestalt war verschwunden.

Das Leichenmahl fand im Restaurant Kunsthalle statt, im nobleren, weiß gedeckten Teil. Gleich beim Eingang saßen Kommissär Madörin und Polizeikorporal Lüdi. Madörin, mit grimmiger Miene, hatte sich so hingesetzt, dass er den Saal überblickte. Die Trauergäste hatten bereits dem Wein zugesprochen, einem Spätburgunder aus dem Markgräflerland, wo die Stadt Basel einen Rebberg besaß. Die Stimmung schien bestens zu sein, man schüttelte sich die Hände, klopfte sich auf die schwarzbetuchten Schultern. Zwischendurch waren die spitzen Schreie der angetrunkenen Damen zu hören.

»Untersteh dich, dich hier einzumischen«, zischte Madörin, als sich Hunkeler an den Tisch setzte. »Du hast hier nichts verloren.«

»Das ist der Leichenschmaus für den ehrenwerten Dr. Fankhauser«, sagte Hunkeler, »genannt der rote Steff. Ich war in seinen letzten Lebenstagen sein Zimmernachbar. Ich bin da, um ihm die letzte Ehre zu erweisen. Und was führt dich hierher?«

Madörin starrte ihn an, als wäre er seinem ehemaligen Vorgesetzten am liebsten an den Kragen gegangen.

»Ruhe«, sagte Lüdi scharf, »wir sind hier in der Kunsthalle und nicht im Kommissariat.«

»Er soll die Finger davon lassen«, fauchte Madörin.

»Von was?«, fragte Hunkeler.

Dr. Debrunner ging vorbei, eiligen Schrittes. Offenbar strebte er der Toilette zu. Er hatte sein TV-Gesicht aufgesetzt, das dezente, allwissende Lächeln, dem er seinen Erfolg verdankte. Er blieb kurz stehen.

»Schau an«, sagte er, »die Polizei ist auch da. Was verschafft uns die Ehre?«

»Wir trauern mit«, erklärte Madörin. »In der Tat ein schwerer Verlust für Basel. Übrigens möchte ich mich noch kurz unterhalten mit Ihnen. Wenn Sie einen Moment Zeit hätten?«

»Geht leider nicht«, sagte Debrunner bedauernd, aber ohne sein Lächeln zu verlieren. »Wenn Sie Fragen haben, wenden Sie sich bitte an mein Sekretariat.«

Und weg war er.

Abdul, der seit Jahren Chef de service in der Kunsthalle war, brachte drei Teller mit kaltem Braten und schenkte Wein ein. Er nickte Hunkeler zu, mit zurückhaltender Höflichkeit.

»Sehr zum Wohl«, sagte Hunkeler und nahm einen Schluck. »Schmeckt herrlich, wie ein guter Burgunder. Der kommt aus bester Lage vom Isteiner Klotz. Trockenes Terroir, wurde unter Naturschutz gestellt, wegen der fast mediterranen Flora. Die Basler wissen schon, was gut ist. Und haben sie es nicht selber, so kaufen sie es.«

Er schob sich ein Stück Kalbsbraten in den Mund.

»Hervorragend«, meinte er. »Es lässt sich wunderbar leben im Dreieckland, wenn man eine satte Rente hat. Elsass, Markgräflerland und Basel, das passt zusammen. Und überall redet man den schönen, alten, alemannischen Dialekt. Wenn nur die Arbeit nicht wäre, stimmt's? Der Stress. Wenn man nur nicht dauernd von oben zusammengestaucht würde in dieser schönen Stadt.«

Madörin sagte kein Wort. Er war nahe daran zu explodieren. Aber er traute sich nicht.

»Ein plötzlicher Tod«, fuhr Hunkeler fort. »Obschon er moribund war, dennoch überraschend. War es das Insulin? Ein unerwarteter Herztod? Wurde eine Obduktion gemacht? Und wenn nicht, warum nicht?«

Madörin schob seinen Teller weg. Mühsam schluckte er hinunter, was er im Mund hatte, es schmeckte ihm nicht. Mit versteinertem Gesicht erhob er sich und ging hinaus.

»Das hättest du nicht tun sollen«, sagte Lüdi.

Hunkeler schenkte sich Wein nach und trank. Tatsächlich, wie ein guter Burgunder. Nur etwas herber, was ihm gefiel.

»Ich mag den Kerl einfach nicht«, sagte er. »Er ist und bleibt ein mieser Dackel.«

»Das kann schon sein. Aber er ist ein guter Kriminalist. Und er lässt nicht so leicht locker.«

»Warum muss er so unfreundlich sein? Warum kann er mir nicht einfach die Hand geben und fragen, wie es mir geht? Wie ist das übrigens mit der Obduktion?«

»Es gab keine Obduktion. Obwohl Madörin eine verlangt hat.«

»Ist das nicht unüblich? Bei einer so bedeutenden Persönlichkeit möchte man eigentlich wissen, woran genau sie gestorben ist.«

»An Herzversagen, das war der Befund. Die Leiche ist sehr schnell entsorgt worden.«

»Da scheint es jemand eilig gehabt zu haben. Warum wohl?«

Lüdi schwieg. Dann sagte er es doch.

»Madörin meint, es sei von ganz oben befohlen worden.«

»Was heißt das, von ganz oben?«

»Von Debrunner zum Beispiel. Der war in seiner Studentenzeit auch bei der Linken Studentenschaft.«

»Das waren wir fast alle damals. Zumindest Sympathisanten.«

»Madörin wittert wieder einmal eine Verschwörung. Es solle hier etwas unter den Teppich gekehrt werden, was auf den Tisch gehöre. Er ist stinksauer, weil er überall nur abgeblockt wird. Auch von Staatsanwalt Suter.«

»Schau an, wie seltsam. Basels Honoratioren wollen nichts mehr von ihren Jugendsünden wissen? Warum denn das?«

»Weil diese Jugendsünden damals genau registriert wurden und jederzeit veröffentlicht werden könnten. Zum Beispiel von der *Basler Zeitung*, die ja seit ihrem Verkauf keine linksliberale Zeitung mehr ist, sondern eine rechtsbürgerliche. Aber warum fragst du? Du weißt das doch alles.«

»Weil ich wissen möchte, woran Fankhauser gestorben ist. Was ist eigentlich deine Meinung?«

»Ich meine gar nichts. Und im Grunde dürfte ich darüber gar nicht mit dir reden.«

»Aber deine private Handynummer ist noch dieselbe?«

Lüdi zögerte. Dann nickte er.

Etwas später wechselte Hunkeler zu einem Tisch hinüber, an dem er ein paar Bekannte aus alten Tagen entdeckt hatte.

Der Lärmpegel hatte inzwischen ein bedrohliches Ausmaß erreicht. Das Lachen der männlichen Bässe war dröhnender, das Kreischen der Damen noch greller geworden. Denn Basels bessere Gesellschaft war den Wonnen des Weins keineswegs abgeneigt. Nur brauchte sie stets einen guten Grund, diesen Wonnen auch tatsächlich zu frönen. Das Leichenmahl zu Ehren eines angesehenen Mitbürgers war allemal ein solcher Grund.

Am Tisch saßen zwei Schriftsteller namens Schubiger und Bikle, und Paul Egloff, den Hunkeler mochte. Er hatte Philosophie studiert und war dann Redakteur bei verschiedenen Zeitungen geworden. Da er seiner linken Überzeugung treu geblieben war, hatte er mit den Chefredakteuren immer Streit bekommen, die zwar allesamt auch links waren, aber eben nur bis zu einem gewissen Grad, der von den Besitzern der Zeitungen bestimmt wurde. Irgendwann hatte er genug vom Journalismus und wurde Schreiner in einer Handwerkerkooperative.

Schubiger und Bikle hatten ihr Dichten in den Dienst des revolutionären Proletariats gestellt und waren in den Siebzigerjahren der kommunistischen Partei der Arbeit beigetreten. Bikle hatte ellenlange Romane über seine großbürgerliche Herkunft geschrieben, die von der Kritik gefeiert, aber von der Leserschaft nicht gekauft wurden, da sie sterbenslangweilig waren. Schubiger hatte politische Kampflyrik veröffentlicht, mit der er die Arbeiterschaft aufrütteln wollte. Er hatte jeden linken Aufruf unterschrieben, sei es gegen Vietnamkrieg, Neutronenbombe oder Atomkraftwerke. Aber auch das hatte den Verkauf seiner Bücher nicht gesteigert.

Bikle ging es offensichtlich besser als Schubiger, denn er kam aus einer steinreichen Professorenfamilie. Er war in feines, englisches Tuch gekleidet, während Schubiger wie ein trauriger Zugvogel dasaß, der den Abflug in den Süden verpasst hatte.

»Was verschafft uns die Ehre?«, fragte Bikle.

»Die Sehnsucht nach Menschlichkeit und Wärme«, antwortete Hunkeler, »die Erinnerung an alte Zeiten.«

»Mit Polizisten setze ich mich normalerweise nicht an den gleichen Tisch«, sagte Bikle. »Aber an einem Leichenmahl mache ich für einmal eine Ausnahme.«

»Da bin ich aber froh. Darf ich einen Schluck Wein haben?«

Hunkeler schenkte sich ein.

»Zum Wohl allerseits. Zu Ehren des roten Steff.«

Sie tranken sich zu.

»Übergelaufen zum Klassenfeind«, sagte Schubiger, »welche Inkonsequenz, welche Schande. Wo bleibt da das Klassenbewusstsein?«

»Meinst du mich?«, fragte Hunkeler.

»Ja, auch dich.«

»Stimmt nicht. Ich habe meine politischen Ansichten nicht groß geändert.« Er schaute zu Bikle. »Wie stehen die Aktien?«

»Nicht schlecht, danke. Dem Kapitalismus kann man nur mit Kapital beikommen. Das ist meine traurige Erkenntnis.«

»Fankhauser war eine erbärmliche Windfahne«, sagte Schubiger, »genau wie Debrunner auch. Wer dem Kapital den kleinen Finger gibt, den frisst es auf. Deshalb habe ich mich vom großen Geld immer ferngehalten.«

»Und das kleine Geld? Hast du das genommen?«

Jetzt musste Schubiger lachen. Es war ein heiseres Krächzen aus dürrer Kehle.

»Spotte nur, du hast ja recht. Aber schau einmal hinüber zum Tisch, an dem Debrunner sitzt. Wie er der Frau Sarasin in den Hintern kriecht. Und so etwas wollte einmal Revolution machen. Pfui Teufel.«

Tatsächlich setzte drüben an Debrunners Tisch ein Gekreische ein, als ob jemand eine Zote erzählt hätte.

»Traurig«, sagte Schubiger, »was aus uns geworden ist.«

»Stimmt«, pflichtete Bikle bei, »aber das ist der Zahn der Zeit. Er knabbert und nagt, bis man aalglatt wird wie ein Kiesel auf dem Grund des Rheins.«

»Bitte nichts gegen die Kiesel im Rhein«, sagte Egloff.

Er trug sein Haar immer noch in einem langen Zopf, der im Laufe der Jahre unentwirrbar verfilzt war.

Sie nickten. Sie lachten. Tatsächlich waren sie ein ziemlich maroder Haufen.

»Erstaunlich ist es schon«, begann Egloff, »was aus der revolutionären Jugend von damals geworden ist. Dabei hat Rot-Grün eine Mehrheit in dieser Stadt und hätte die Macht, zu regieren. Aber sie regieren nicht, sie verwalten bloß. Die politischen Diskussionen drehen sich darum, zu welchen Stunden ein Handwerker in die Innenstadt fahren darf, an welchen Uferstrecken Hunde im Rhein schwimmen dürfen und ob man die Müllsäcke vors eigene Haus stellen oder in Müllmulden bringen muss. Das Verkehrsproblem löst man, indem man den Autofahrern vorschreibt, auch am Tag das

Licht einzuschalten. Das ist Basels Politik, ein Witz. Die wichtigen Fragen werden von der chemischen Industrie entschieden, weil sie das alles bezahlt. Die Demokratie hat abgedankt, weil es in der Industrie keine Demokratie gibt.«

»Ich finde Basel eine angenehme Stadt«, sagte Hunkeler, »gemäßigtes Klima, sauberes Wasser, Wälder in der Umgebung. Und niemand muss Hunger haben.«

»Und alles finanziert von der Chemie«, sagte Egloff, »dem einzigen Gott, an den die Menschheit noch glaubt. Die chemische Formel ersetzt das Glaubensbekenntnis, die Pille das heilige Abendmahl.«

»Immer noch Sozialist?«, fragte Hunkeler.

»Nein, Anarchist.«

»Schwierig in der Zeit des Internets. Was treibst du? Wo wohnst du?«

»Gegenwärtig in einem Wohnwagen auf dem Campingplatz in Huningue. Manchmal koche ich in der Wirtschaft zur Alten Grenze. Rechnungen bezahle ich nicht, aus Prinzip. Meistens wissen sie gar nicht, wo ich wohne. Hast du ein Handy?«

»Ja.«

»Wirf es fort. Es macht nur Ärger und Verdruss.«

»Und das geht gut?«

»Ja, wenn du bereit bist, ab und zu in den Knast zu gehen. Ich gehe immer im Winter. Ich habe noch nie einen ungeheizten Knast erlebt. Allerdings musst du dir selber genügen.«

Hunkeler fragte sich, ob er sich selber genügte. Eher nicht, fand er. Er brauchte Menschen, er brauchte Hedwig. Er wollte in diesem Sinne antworten.

Da sah er, wie sich ein paar Leute verabschiedeten und hinausgingen. Eine zierliche Frauengestalt in hellem Gewand war dabei, die ihr Haar mit einem blauen Kopftuch verhüllt hatte. Sie ging am Arm eines Mannes.

»Moment«, sagte Hunkeler und erhob sich. »Bis später.«

Er folgte der Gruppe den Steinenberg hinunter bis zum Barfüßerplatz. Er sah nur Rücken und Kopftuch der Frau. Trotzdem war er sich sicher. Er holte sie ein, packte sie am Arm und riss sie zurück. Er schaute in ein Gesicht, das er noch nie gesehen hatte.

»Was fällt Ihnen ein?«, fragte der Mann an ihrer Seite. »Sind Sie wahnsinnig geworden?«

Hunkeler schaute noch einmal genau hin. Kein Zweifel, sie war es nicht.

»Entschuldigung. Eine Verwechslung. Es ist mir sehr peinlich. Ich bitte um Verzeihung.«

Der Mann war richtig böse.

»Haben Sie etwas gegen Kopftücher oder was? Soll ich die Polizei rufen?«

»Nein, überhaupt nicht. Ich habe geglaubt, ich würde sie kennen. Es war ein Irrtum.«

Er ging sehr schnell davon und bog in die enge Gasse ein, die den Leonhardsberg hinaufführte. Er merkte, dass er zitterte vor Erregung. Was war los mit ihm? Litt er unter Verfolgungswahn, unter Wahnideen?

Am andern Morgen erwachte er in seinem Bett im Elsass. Er spürte die beiden Katzen an seinen Kniekehlen. Er tastete nach ihnen, und sie begannen zu schnurren. Kalte Luft kam durchs offene Fenster, eine Amsel sang draußen. Sie saß wohl, wie meistens zur Morgenzeit, auf dem Dach des Schweinestalls.

Er hörte das Telefon im Gang klingeln. Er wartete, ob das Klingeln aufhören würde. Als das nicht geschah, erhob er sich und ging hin.

»Was gibt's?«, fragte er.

Es war Lüdi.

»Entschuldigung, dass ich dich wecke. Aber es ist zehn Uhr und höchste Zeit für das Frühstück.«

Er ließ sein Lachen hören, das eher einem Meckern glich.

»Schieß los. Ich stehe im Nachthemd im Gang und habe kalte Füße.«

»Dr. Debrunner ist niedergeschlagen worden. Gestern kurz vor Mitternacht.«

»Wie, niedergeschlagen?«

»Mit einem harten Gegenstand auf den Kopf. Er hat einen Schädelbruch und liegt auf der Intensivstation. Er hat um elf die Kunsthalle verlassen und ist mit der Straßenbahn zum Bruderholz gefahren. Hundert Meter vor seinem Haus hat ihn jemand von hinten niedergeschlagen.«

»Hat er sich nicht gewehrt?«

»Offenbar hat er die Angreifer nicht gehört. Er hatte wohl ziemlich viel Wein getrunken.«

»Ein Raubüberfall?«

»Nein. Ausweise, Geld und Handy waren noch da.«

»Moment«, sagte Hunkeler. »Ich muss überlegen.«

Er ging in die Küche, goss sich ein Glas Wasser ein und trank es langsam aus. Er spürte die Kälte im Hinterkopf, sie zog sich hinab in seine Eingeweide.

»Warum erzählst du mir das?«, wollte er wissen, als er

wieder am Apparat war. »Ich bin ausgemustert, mich fragt niemand mehr.«

Wieder das Meckern, das nichts Gutes verhieß.

»Staatsanwalt Suter meint, dein Rat sei gefragt. Weil du den gleichen Jahrgang wie Debrunner hast und dich auskennst in dieser Generation.«

»Und was sagt Madörin dazu?«

»Er schäumt vor Wut.«

»Soll er schäumen. Ich genieße derweilen den Ruhestand. Weißt du, was ich jetzt als Erstes mache? Ich lasse die Hühner hinaus und schaue nach, ob eines ein Ei gelegt hat. Wenn ja, esse ich es. Dazu trinke ich eine Kanne Schwarztee. Dann mache ich einen langen Spaziergang.«

»Was soll ich Suter sagen?«

»Wenn er etwas von mir will, soll er mich anrufen. Er hat meine Nummer.«

Etwas später saß er am Küchentisch und schaute auf die Wiese hinaus, auf Kirschbaum, Weide, Birnbaum und Pappel. Die Sonne stand halbhoch. Einige Schlüsselblumen blühten, zarte, gelbe Farbtupfer im erwachenden Grün.

Er zog die Stiefel an und machte sich auf den Weg, den Bach entlang, der Hochwasser führte. Er kam am Lager der Schreinerei vorbei und roch den Duft des frisch gesägten Holzes, Bretter verschiedener Dicke und Größe, Eiche, Buche, Wildkirsche, drei Meter hoch gestapelt. Daneben das Haus des Schreinermeisters, aus Balken abgerissener Riegelbauten gezimmert.

In dieser Gegend gab es, abgesehen von der alten Kirche in Knoeringue, keine Bauwerke aus Stein. Aus dem einfachen Grund, weil der gebrochene Kalkstein Dutzende von

Kilometern herangekarrt werden musste. Man nutzte das, was da war. Holz und Lehm.

Er stieg hinauf zur Anhöhe, ruhigen Schrittes. Er solle nicht übertreiben, hatte ihm Hedwig geraten, er müsse sein Alter in Rechnung stellen. Aber wie stellt man sein Alter in Rechnung? Indem man sich ins Bett legt und auf den Tod wartet? Zum Teufel nein. Der Mensch ist ein Lauftier. Er muss laufen und in Bewegung bleiben, immer weiter. Das hält ihn am Leben, bis es ihn niederstreckt. Aber er war noch immer auf den Beinen. Er steigerte das Tempo, bis er zu keuchen begann. Tief sog er die frische Luft in die Lunge, das tat ihm gut.

Oben auf der Hochebene lag stellenweise noch Schnee, durch den die braunen, verfaulenden Storzen der alten Maisstauden ragten. Eine große, fast traurige Ruhe schwebte über den Äckern. Bald würden die Traktoren mit den mannshohen Rädern über sie fahren und mit den Pflugscharen die Erde aufs Neue aufreißen.

Vorne am Waldrand neben der dicken Eiche stand ein Jäger, die Flinte im Arm. Es war Philipp Meierhans, vormals Investmentbanker bei der Volkssparkasse Basel, jetzt im Ruhestand. Dem Vernehmen nach hatte er das Haus des Kunstmalers Moor gekauft. Jetzt wartete er wohl auf einen versprengten Keiler, einen Überläufer, um ihm einen Blattschuss zu verpassen.

Hunkeler winkte kurz hinüber und verschwand dann im Wald. Obschon er wusste, dass es zu viele Wildschweine in der Gegend gab, mochte er Jäger nicht.

Es war ein kahles Gehölz, das ihn aufnahm. Fichten und Tannen wuchsen hier keine, und die Buchen und Eichen hatten noch kein Laub getrieben. Eigentlich ein Urwald, der nie exzessiv genutzt worden war. Weit und breit kein Wanderweg, hier wanderte niemand. Höchstens, dass einmal ein versprengter Keiler vorbeikam.

Am Nachmittag lag Hunkeler auf seinem Bett und las über den Ersten Weltkrieg. Er las von einer Schlacht im Sudan im Jahre 1898, als die Briten gegen ein Heer von 50 000 Sudanesen zum ersten Mal in der Geschichte in großem Stil Maschinengewehre einsetzten und die Hälfte der anstürmenden Sudanesen niedermähten. Sie selber verloren 48 Mann. Seit damals war klar, dass ein Angreifer gegen Maschinengewehre keine Chance hatte, auch wenn er von höchstem Heldenmut beseelt war. Trotzdem wurde im Ersten Weltkrieg weiterhin angegriffen, als gälten noch die Regeln der Kavallerieattacke. Es begann der Grabenkrieg an Marne und Somme, in dessen Verlauf Millionen junger Männer in den Tod geschickt wurden.

Eigentlich war das lange her, dachte Hunkeler, als er das las. Und längst überholt vom Zweiten Weltkrieg, der noch schrecklicher war. Aber dann fiel ihm ein, dass sein Vater bei Ausbruch des Ersten Weltkriegs neun Jahre alt gewesen war. Und es schien ihm nicht mehr so lange her zu sein.

Am Abend ging er in den Stall des Nachbarhauses gegenüber, setzte sich auf die Bank und schaute der Frau beim Melken zu. Sie hielt drei Kühe. Die Milch verfütterte sie an Kälber und Schweine.

Eine Stimmung war immer in diesem Stall wie im Alten Testament. Das langsame Fressen und Käuen, die Wärme der Tierleiber, als könnte nichts auf der Welt aus den Fugen gehen.

»Danke, dass Sie nach den Hühnern geschaut haben«, sagte er.

»Merci für die Eier«, sagte sie.

Das war immer so in seiner Abwesenheit. Sie versorgte die Hühner, wenn sein Auto nicht vor dem Haus stand.

Er schaute zu, wie sie die Melkstutzen von einem Euter nahm und bei der Kuh nebenan neu ansetzte. Es gefiel ihm, wie sie das tat, mit gemessenen, genauen Bewegungen. Er wusste, dass die Kühe nicht viel Milch gaben, sie bekamen außer Gras und Heu kein Zusatzfutter.

Er wusste auch, dass ihr Mann seit Wochen im Krankenhaus von Altkirch lag.

»S'isch eine do gsii«, sagte sie, »à midi. Über Mittag, als Sie weg waren. Er hat an Ihre Tür geklopft. Ich habe ihm gesagt, dass Sie auf einem Spaziergang sind. Er ist dann einmal um Ihr Haus herum gegangen, als ob er etwas gesucht hätte. Dann ist er nach hinten Richtung Wald gegangen.«

»Wie sah er aus? Hat er eine rote Jacke getragen?«

»Oui, ein älterer Herr.«

»Das muss der Maler Moor gewesen sein. Der wohnt jetzt, wie ich gehört habe, bei Stoller in Knoeringue.«

»Man sagt, dass er sich versteckt. Très drôle, ein bisschen unheimlich.«

»Ich kenne ihn«, erwiderte er, »er wollte mich wohl besuchen. Er ist harmlos. Er war in der psychiatrischen Klinik Friedmatt und ist abgehauen.«

»Il est fou? Ist er verrückt?«

»Nein, eher depressiv. Er hat mir gesagt, er wolle die vielen Pillen nicht mehr schlucken.«

»Ça, je comprends, das verschtohni. Heutzutage wollen

die Ärzte alles mit Pillen heilen. Obwohl sie die Ursachen nicht beseitigen. N'est-ce pas, Monsieur?«

Sie schaute ihn aus angstvollen Augen an. Und er wusste, dass sie von ihrem Mann sprach.

»Monsieur Moor«, sagte sie nach einer Weile, »das ist doch der, der das Haus in Knoeringue verkauft hat. An der Rue Romaine, der Römerstraße. Es scheens, alts Hüüs. Pourquoi? Warum hat er es verkauft?«

»Vielleicht, weil er Geld brauchte. Als Kunstmaler hat er wohl nur die staatliche Rente. Davon kann er nicht leben.«

Sie nahm die Saugstutzen weg und stellte die Maschine ab.

»En Alsace könnte er damit leben wie de Liebgott in Frankriich.«

Sie leerte den Melkkessel in zwei Eimer, die für die Kälber bestimmt waren.

»Wann wurden eigentlich die großen Bunker gebaut«, fragte er, »vorne bei Hellfrantzkirch und Folgensbourg? Im Ersten Weltkrieg?«

»Mais non. Im Ersten Krieg hat das Elsass zu Deutschland gehört. Die Bunker sind alle gegen den Rhein gerichtet, gäge s'Düütsche. Also im Zweiten Weltkrieg. Pourquoi?«

»Weil ich ein Buch über den Ersten Weltkrieg lese.«

»Ach so? Das ist jetzt hundert Jahre her, n'est-ce pas? Warum lesen Sie das? Die Schweiz ist doch verschont geblieben.«

»Weil ich verstehen will, wie das alles gekommen ist.«

»Hier im Elsass will man nur eines. Man will vergessen. Allerdings, ich habe auch ein Buch über den Ersten Weltkrieg. Von einem Elsässer, aus St. Ulrich. Das liegt zwischen Altkirch und Belfort. Wollen Sie es lesen?«

»Gern.«

»Gut, ich hole es Ihnen, wenn ich die Viecher getränkt habe.«

Das Buch hieß *Beste Gelegenheit zum Sterben* und stammte vom Bauern Dominik Richert. Er war auf deutscher Seite von 1914 bis 1918 im Krieg gewesen, erst im Elsass, dann in Flandern, in den Karpaten und in Russland. Als er im März 1918 wieder an die Westfront verlegt wurde, lief er zu den Franzosen über. Nach dem Krieg schrieb er alles auf, so wie es für einen einfachen Soldaten gewesen war. Das Manuskript legte er auf den Dachboden. Dort wurde es Jahrzehnte später gefunden, entziffert und herausgegeben. Das alles entnahm Hunkeler dem Nachwort. Und er freute sich auf die Lektüre.

Am nächsten Morgen rief er seinen alten Freund Lukas an, der in Basel Arzt war, und bat um einen Termin. Sie verabredeten sich für den Nachmittag.

Lukas hatte seine Praxis in einer Alterssiedlung.

»Wo fehlt's?«, fragte er, als Hunkeler eintrat. »Wie ist die Operation verlaufen?«

»Gut. Alle beglückwünschen mich und sind zufrieden mit mir.«

»Und du selber?«

»Gestern habe ich einen dreistündigen Spaziergang gemacht. Das ging ganz gut.«

»Und warum bist du hier?«

»Ich weiß nicht recht. Zur Kontrolle. Hör mir mal die Lunge ab.«

»Dann mache dich oben frei.«

Hunkeler tat es. Lukas horchte seine Lunge ab, maß dann den Blutdruck.

»Alles in Ordnung. Sonst noch was?«

»Die Sache ist die«, sagte Hunkeler, »dass ich mich frage, ob ich an Halluzinationen leide. Die Nachtschwester im Spital hat mir in den Nächten eine Schlafpille gegeben. Ich bin immer sogleich eingeschlafen. Jetzt möchte ich wissen, ob es Morphium war. Zudem möchte ich wissen, ob es immer dieselbe Nachtschwester war.«

»Hast du nicht gefragt?«

»Doch. Aber ich bin mir nicht sicher.«

»Das ist kein Problem. Nur einen Moment.«

Lukas wählte eine Nummer und telefonierte offenbar mit einem Kollegen aus dem Merian-Iselin-Spital.

»Die Schwester heißt Lydia Siegenthaler«, sagte er, nachdem er aufgelegt hatte. »Sie hatte die ganze Woche Nachtdienst. Die Pille enthielt einen morphiumähnlichen Stoff. Es kann schon sein, dass man nach der Einnahme ein bisschen halluziniert. Aber nur kurz, man schläft sehr schnell ein. Warum willst du das wissen?«

Hunkeler schaute durch das Fenster in den Park hinaus, wo alte Männer auf einer Bank in der Frühlingssonne saßen.

»Ich frage mich, ob ich spinne«, sagte er. »Ich habe im Krankenhaus neben Stephan Fankhauser gelegen. Wie du bestimmt gehört hast, ist er gestorben. Soviel ich weiß, wurde keine Autopsie gemacht.«

Lukas nickte, aber er sagte nichts.

»In der Nacht, in der er gestorben ist, habe ich kurz nach Mitternacht geklingelt. Die Schwester ist gekommen. Sie hat ähnlich ausgesehen wie die in der Nacht davor. Aber ich bin mir fast sicher, dass es eine andere war. Andere Augen, anderer Duft. Sie hat mir die Pille gegeben. Sie hat eine Weile gewartet. Dann hat sie Fankhauser eine Spritze verpasst, obschon der sich zu wehren versucht hat. Sie hat zugeschaut, wie er begann, nach Luft zu schnappen. Dann bin ich eingeschlafen.«

Sie sahen jetzt beide hinaus zu den alten Männern. Ein schönes Bild eigentlich.

»Vielleicht Insulin«, sagte Lukas, »das kann zu Schnappatmung führen. Wenn es stimmt, was du erzählst. Vielleicht hast du bloß geträumt.«

»Sie trugen beide ein blaues Kopftuch. Gestern nach der Trauerfeier für Fankhauser im Münster habe ich oben über dem Seitenschiff wieder so eine Gestalt mit blauem Kopftuch erblickt. Ich habe sie nur kurz gesehen. Als ich nochmals hinschaute, war sie weg. Beim Leichenmahl in der Kunsthalle habe ich wiederum eine ähnliche Frau gesehen. Von hinten, als sie hinausging. Ich bin ihr nachgerannt und habe sie am Arm gerissen. Es war eine mir völlig unbekannte Frau.«

»Der rote Steff, dieser Salonrevolutionär«, sagte Lukas. »Ich habe ihn nie gemocht. Der hat den bewaffneten Kampf gegen den Kapitalismus propagiert.«

Die Bank draußen lag jetzt im Schatten. Die alten Männer machten sich daran, ins Heim zurückzuhumpeln.

»Und jetzt fragst du dich, ob du das alles halluziniert hast?«

»Ja.«

»Theoretisch ist vieles möglich bei einem solchen Medikament, auch eine längere Bewusstseinsstörung. Ich hoffe sehr, dass es so ist. Wenn nicht, wäre es ja ein Fall für die Polizei. Oder nicht?«

»Ich weiß nicht«, sagte Hunkeler.

Die folgenden Tage war schlechtes Wetter. Ein Landregen, wie ihn Hunkeler nur vom südlichen Elsass, dem Sundgau, kannte. Die Wolken des Atlantiks fuhren ungebremst durch die Burgundische Pforte nach Osten und setzten alles unter Wasser – Wiesen und Äcker und die tiefen Spuren der Traktoren im Wald.

Er lag die meiste Zeit auf seinem Bett, das leise Knacken aus dem Ofen im Ohr und an den Füßen die beiden Katzen. Er las über den Ersten Weltkrieg.

Eine Zeitung hatte er nicht abonniert. In Basel las er jeden Tag die *Basler Zeitung*. Das taten alle, auch wenn sie über sie schimpften. Hier im Elsass konnte er gut darauf verzichten. Er hörte am Abend das Basler Lokalradio. Und wenn er in Knoeringue einen Kaffee trank, las er die *Dernières Nouvelles*.

Über Debrunner hatte er nichts Neues gehört, außer dass sein Zustand stabil sei und die Untersuchungen auf Hochtouren liefen. Das hieß, dass seine Kollegen vom Waaghof entweder tatsächlich noch nichts herausgefunden hatten. Oder dass sie nichts sagen wollten oder durften. Wobei Hunkeler Ersteres glaubte. Es hatte in den letzten Jahren die unglaublichsten Delikte gegeben, bei denen ohne ersichtlichen Sinn beliebig Menschen angegriffen und verletzt wurden. Die Täterschaft machte sich ohne Raubabsicht aus dem Staub, auf lautlosen, schnellen Sohlen. Da keine Motive erkennbar waren, hatte das Kommissariat keinerlei Ansatzpunkte für eine Untersuchung. Die Taten blieben unerklärbar, entsetzlich und beängstigend.

Neu am Fall Debrunner war bloß, dass sich ein solches Delikt auf dem Bruderholz oben ereignet hatte, das bis jetzt verschont geblieben war. Und dass ein stadtbekannter Politiker betroffen war.

Hunkeler blätterte eine Seite in Dominik Richerts Buch um und las weiter über den Grabenkampf zwischen Deutschen und Franzosen. »Etwas rechts vor meiner Schießscharte lag ein deutscher Soldat auf dem Gesicht, den Kopf gegen mich. Der Helm war ihm beim Sturze vom Kopf gefallen, die Haut mit den Haaren war infolge der Fäulnis herabgerutscht, und die vom Regen und von der Sonne gebleichte Hirnschale war in der Größe einer Hand sichtbar. In der einen Hand hielt er noch das rostige Gewehr mit dem Bajonett, das Fleisch war bereits von den Fingern weggefault, und die Knöchel sahen hervor. Besonders des Nachts war es ganz unheimlich, den weißen Schädel vor mir zu sehen.«

Eigentlich fand es Hunkeler ziemlich pervers, dem Schnurren der Katzen zuzuhören und solche Sätze zu lesen. Aber die Neugier hatte ihn gepackt, wie das alles war für einen Soldaten damals. Dominik Richert war ein verlässlicher Zeuge. Er war in den Krieg gezogen, weil er musste, nicht aus Begeisterung für sein Land. Seine Heimat war der Sundgau, nicht Deutschland oder Frankreich. Er hatte weder an der Marne noch in Russland etwas verloren. Zudem schrieb er aus der Sicht eines einfachen, vernunftbegabten Menschen.

Was sehr selten war. Solche Leute schrieben in der Regel keine Bücher.

»Mut, Heldentum, ob es das wohl gibt?«, fragte sich der Bauer Richert. »Ich will es wohl bezweifeln, denn im Feuer sah ich nichts als Angst, Bangen und Verzweiflung in jedem Gesicht geschrieben. Von Mut, Tapferkeit und dergleichen überhaupt nichts. In Wirklichkeit ist's doch nur die furchtbare Disziplin, der Zwang, der den Soldaten vorwärts und in den Tod treibt.«

Am Abend fuhr Hunkeler mit Hedwig Richtung Altkirch, nach Tagsdorf, wo Madame Chappuis im alten Adler eine erstklassige Fressbeiz führte. Sie hatte sich in den Kopf gesetzt, aus der ehemaligen Dorfkneipe eine Gourmet-Adresse zu machen. Ihr Mann kochte jeden Tag ein Vier-Gang-Menu, sie bediente.

Vor der Wirtschaft stand ein Auto einer italienischen Luxusmarke mit Basler Nummer. Im Aushang war zu lesen, was es heute gab: Consommé de légumes, Blattsalat, Kalbsbraten mit Morcheln und zum Dessert Profiteroles.

Es war wie meist, wenn man den Wirtsraum betrat. Er war fast leer. Nur hinten in der Ecke saß der ehemalige Investmentbanker Meierhans mit einer jüngeren Frau.

Hunkeler wollte gleich beim Eingang Platz nehmen. Aber Meierhans kam ihm zuvor.

»Schau an, der Hunkeler«, rief er durch den Raum. »Sie hätte ich schon längst kennenlernen wollen. Kommen Sie her, setzen Sie sich zu uns. Wir waren doch Studienkollegen. Darf ich Ihnen meine Verlobte vorstellen?«

Höflich, wie Hunkeler war, half er erst Hedwig aus dem

Mantel und ging dann nach hinten, um Meierhans und seiner Verlobten die Hand zu geben.

»Freut mich«, sagte er.

»Warum so griesgrämig? Das hier ist ein erstklassiges Lokal, der Côtes de Beaune exzellent. Und alles zu einem anständigen Preis. Holen Sie Ihre Frau her, trinken Sie ein Glas mit.«

»Heute nicht«, sagte Hunkeler. »Ein andermal gern.«

Aber Meierhans war in Fahrt, der Côtes de Beaune hatte ihn befeuert.

»Haben Sie etwas Neues gehört von Debrunner? Das ist ja entsetzlich. Einfach niedergeschlagen. Und das auf dem friedlichen Bruderholz oben. Wo ist man heute noch sicher? Bald geht's auch im Elsass los, Sie werden sehen. Was tut eigentlich die Basler Polizei die ganze Zeit? Schläft sie? Reißen Sie sich endlich am Riemen, Kommissär Hunkeler. Sonst droht die Anarchie.«

»Aber Philipp«, sagte die Frau. Ihre Stimme klang sympathisch und warm. »Reg dich doch nicht auf. Wenn er nicht will.«

»Wir feiern etwas«, sagte Hunkeler und versuchte zu lächeln, »ein Tête-à-tête gewissermaßen. Wir wollen in aller Ruhe essen, zu zweit.«

»Aha, Hochzeitstag, oder was?«

»So ungefähr.«

»Dann herzliche Gratulation. Übrigens, was macht eigentlich der Kunstmaler Moor die ganze Zeit in der Knoeringer Beiz? Das scheint ein richtiger Alkoholiker zu sein.«

»Sie entschuldigen mich«, sagte Hunkeler und verbeugte sich leicht. »Ich wünsche einen angenehmen Abend.«

Er ging zurück zum Tisch beim Eingang und setzte sich. Er musste sich erst mal abregen. Er hasste es, genötigt zu werden. Aber so waren die Basler. In der Stadt selbst waren sie äußerst zurückhaltend. Doch kaum waren sie im Elsass, fielen sie einem um den Hals, als ob man ein enger Freund wäre.

Sie bestellten das Menu, eine Flasche Pommard und Mineralwasser.

»Was hat der Arzt gesagt?«, fragte Hedwig.

»Nichts Genaues. Es sei schon möglich, dass nach Einnahme dieser Pille Bewusstseinsstörungen auftreten. Aber ich habe den Eindruck, er glaubt es nicht.«

»Wenn es kein Traum und keine Halluzination war, was war es dann?«

Er schaute sie hilflos an. Er wusste es nicht.

»Pass auf, dass du dich nicht wieder hineinziehen lässt. Komm, wir trinken einen Schluck. Und schau nicht so griesgrämig in die Welt.«

Sie hoben die Gläser und tranken.

»Was genau heißt eigentlich griesgrämig?«, fragte er.

»Schau einmal in den Spiegel, dann weißt du es.«

Sie löffelte von der Suppe, sie überlegte. Offenbar beschloss sie, ihn aufzuheitern.

»Was hast du den ganzen Tag gemacht?«

»Gelesen.«

»Was denn?«

»Über den Ersten Weltkrieg.«

Sie legte den Löffel weg.

»Mein Gott, warum? Da muss man ja depressiv werden. Was ist das übrigens für einer in der Ecke hinten?«

»Ich kenne ihn von früher. Er hat ein Haus in Knoeringue.«

Sie schaute kurz nach hinten zu Meierhans, ein bisschen beleidigt. Doch dann sagte sie: »Also gut, erzähl.«

»Das bekannteste Buch über den Ersten Weltkrieg heißt *In Stahlgewittern* und stammt von Ernst Jünger. Jünger ist stolz auf sich, dass er so hervorragend gekämpft und überlebt hat.«

»Männergeschichten«, sagte sie, »widerlich.«

»Es gab einen Bauern hier aus der Gegend, der auch dabei war und überlebt hat. Kein Schriftsteller, aber er hat genau aufgeschrieben, wie es war. Sein Buch kennt niemand. Und Jünger, dieser widerliche, eitle Gockel ist noch im Zweiten Weltkrieg auf einem Schimmel in Paris eingeritten. Ich habe das auf einem Foto gesehen.«

»Das klingt nicht schlecht«, sagte Hedwig, »auf einem Schimmel die Champs Elysées hinauf.«

Madame Chappuis brachte den Braten und schenkte nach. Der Wein war ein Gedicht.

»Es kommt mir vieles in den Sinn in letzter Zeit«, sagte Hunkeler, »ich schwimme in meinen Erinnerungen. Willst du hören?«

»Gut, meinetwegen.«

»Als ich zwanzig war, habe ich von einem verstorbenen Onkel ein bisschen Geld geerbt. Nicht viel, aber es hat gereicht, um für ein halbes Jahr nach Paris zu fahren. Ich habe die Métro zur Place St. Michel genommen. Dort wollte ich hin, ins Quartier Latin. Ich suchte ein billiges Zimmer, hatte aber keine Ahnung, wie ich das anstellen sollte. Ich habe ein Haus betreten, das mir gefiel. Ich bin die Treppe hochgestiegen, dann durch einen Korridor gegangen. Irgendetwas hat seltsam fremdländisch geduftet, nach Ingwer vielleicht oder nach Zimt. Ich weiß das noch ganz genau, ich sehe diesen Gang noch vor mir. Ich bin keinem Menschen begegnet. Bis hinten eine Tür aufging und ein Mädchen herauskam. Es war aus Siam oder Vietnam. Sie ist stehengeblieben und hat mich ins Auge gefasst. Ihre Schönheit hat mich fast umgehauen. Dann ist sie an mir vorbeigegangen zur Treppe, sie hat mich angelächelt. Wir haben beide kein Wort gesagt.

Auf der Straße unten habe ich gemerkt, dass etwas geschehen war. Ich war verzaubert. Ich bin weitergegangen bis zum Carrefour de Buci. Das war der richtige Ort für mich, da war ich mir sicher. Ich habe das Hotel de Dieppe betreten. Das Haus gibt es noch immer, aber es ist kein Hotel mehr. Der Besitzer saß im ersten Stock. Er hat mir ein Zimmer gezeigt unter dem Dach. Bei schlechtem Wetter, hat er gesagt, würde es hin und wieder ein bisschen reinregnen. Aber die Ecke, wo das Bett stehe, bleibe trocken.

In diesem Zimmer habe ich ein halbes Jahr gewohnt. Eine wunderbare Zeit. Ich habe Verlaine und Apollinaire gelesen und bin stundenlang durch die Straßen gewandert.

Auf dem Carrefour de Buci stand ein Mann, der hatte an einer Kette einen kleinen Affen auf seiner Schulter sitzen. Vor sich hatte er einen alten Waschkessel voller Kartoffeln. Diese Kartoffeln waren sehr billig zu haben. Am Morgen habe ich immer einen Liter Milch gekauft und gleich aus der Flasche getrunken. Am Abend saß ich in irgendeinem Café vor einem Glas Rotwein.«

»Warum erzählst du mir das jetzt?«

»Weil ich es ganz nahe vor meinen Augen habe.«

»Und die Siamesin, die nach Ingwer und Zimt geduftet hat? Hast du die wiedergesehen?«

Das kam ziemlich schnippisch. Aber Hunkeler ging nicht darauf ein.

»Etwas später bin ich mit einem Mädchen ans Meer getrampt, nach Dünkirchen. Wir haben in einem Hotelzimmer übernachtet. Es war das erste Mal, dass ich eine ganze Nacht mit einem Mädchen zusammen war. Am Morgen sind wir über den Sandstrand gewandert. Es war Ebbe, der Sand war voller Muscheln. Und die Luft voller Salz.«

»Und deine Ehefrau, hast du die auch in Paris kennengelernt?«

Er merkte, dass er sie verletzt hatte.

»Nein. Aber das ist eine andere Geschichte. Sag mal, du wirst doch nicht eifersüchtig sein?«

»Ich? Wie kommst du darauf? Nie im Leben.«

»Ich wollte dir bloß sagen, was mir alles durch den Kopf gegangen ist in den letzten Tagen. Wie sicher und zielstrebig ich damals war. Und wie wenig Geld ich brauchte. Das Geld ist falsch verteilt. Heute könnte ich mir fast alles leisten, nur vertrage ich es nicht mehr. Man sollte das Geld den Jungen geben.«

Er wollte den Rest des Weines einschenken. Da traf ihn ein Schlag auf die Schulter. Es war Meierhans, der an den Tisch gekommen war.

»Hunkeler, alte Wildsau«, grölte er, »ich gratuliere zum Hochzeitstag. Ich offeriere einen Schnaps. Was darf es sein? Armagnac, Cognac, Marc de Bourgogne?«

»Danke sehr«, sagte Hunkeler, »ein anderes Mal gern. Aber hauen Sie mich nicht mehr auf die Schulter.«

»Sie müssen entschuldigen«, sagte die Verlobte. »Er hat ein bisschen zu viel getrunken.«

»Das habe ich mir redlich verdient«, lallte Meierhans. »Wissen Sie noch, Kommissär Hunkeler, wie wir die Welt verändern wollten damals in der LIST? Das war großartig, wir waren knallhart. Sie waren doch auch in der LIST?«

»Nein. Ich war bloß Sympathisant.«

»Ach so, ein Feigling? Schämen Sie sich, Sie Hosenscheißer. Jeder anständige Student war damals in der LIST.«

»Komm jetzt«, sagte die Frau, »es geht heimzu, ins Bett.«

Sie nahm ihn am Arm und führte ihn hinaus.

Am Samstagmorgen, es war der 29. März, fuhr Hunkeler nach Basel zurück. Er hatte herrlich in Hedwigs Armen geschlafen, er genoss die Fahrt. Bei Trois Maisons sah er unten in der Ebene die Stadt im Sonnenlicht liegen. Er erkannte den Büroturm der Chemischen, der über 150 Meter hoch in den Himmel wuchs. Rechts die dunklen Berge des Juras, geradeaus der Schwarzwald, der in mehreren Wellen Richtung Nordwesten auslief. Knapp war der schneebedeckte Gipfel des Belchens zu sehen.

In Basel parkte er vor dem Haus, in dem er wohnte. Er ging nach vorn zum Burgfelderplatz, kaufte am Kiosk Zeitungen und betrat die Wirtschaft Sommereck.

Edi, der Wirt, saß wie immer am Stammtisch, allein. Vor sich hatte er ein Glas mit einer grauen Brühe stehen, die ihm beim Abspecken helfen sollte. Er versuchte es schon seit Jahren, aber er brachte noch immer weit über hundert Kilo auf die Waage.

»Endlich«, sagte er, »endlich ein bekanntes Gesicht. Was darf ich bringen?«

»Einen Milchkaffee, wie immer«, antwortete Hunkeler, »einen Aschenbecher. Und bitte kein Gejammer.«

Er steckte sich eine Zigarette an und begann, die Zeitungen durchzublättern. Edi brachte das Gewünschte.

»Du weißt, dass du hier nicht rauchen darfst.«

Hunkeler nickte und klopfte die Asche ab.

»Mir ist es egal«, sagte Edi. »Aber wenn jemand von der Polizei auftaucht, muss ich eine Buße bezahlen. Die führen sich auf, als wollten sie den Teufel austreiben.«

»Ich rauche nur diese eine«, sagte Hunkeler und griff zum Zürcher Boulevardblatt. »Das gehört zum Zeitunglesen.«

Edi schaute traurig auf sein Glas.

»Schau dir dieses Gesöff an. Schrecklich. Warum soll ich nicht essen, wenn du schon rauchst? Ich habe übrigens delikate Schweinswürste aus dem Schwarzwald. Was meinst du?«

»Nein, danke. Ich habe gestern Abend zu viel gegessen.«

»Wo? Und was?«

»Im Elsass. Kalbsbraten mit Morcheln.«

»Wie war er? Saftig und zart?«

Hunkeler nickte.

»Wunderbar«, sagte Edi. »Aber ich will dich nicht stören.«

Es stand kein Wort über Debrunner in der Boulevardzeitung.

»Schon erstaunlich«, sagte Edi, »nicht wahr?«

»Was?«

»Dass man nichts über Debrunner hört. Er ist ja nicht

meine politische Wellenlänge. In jungen Jahren soll er Marxist gewesen sein. Einer von denen, die immer obenauf schwimmen, je nachdem, was gerade Mode ist. Aber ein gerissener Politiker ist er schon. Oder was meinst du?«

Hunkeler meinte nichts. Er schwieg.

»Schrecklich«, fuhr Edi fort, »diese rot-grüne Mehrheit in Basel. Vor fünfundzwanzig Jahren haben die Deutschen die DDR abgeschafft. Heute führt man in Basel die DDR wieder ein. Der Staat befiehlt, und die Bürger können bezahlen. Jetzt verlangen sie, dass ich Küche und Lüftung neu mache. Woher soll ich das Geld nehmen, wenn niemand herkommt? Willst du wirklich nichts essen?«

»Nein.«

Edi ging hinter die Theke und holte ein Glas Essiggurken. Er schraubte es auf und schob sich drei in den Mund.

»Wer könnte es denn gewesen sein?«, fragte er.

Hunkeler zuckte mit den Schultern.

»Da wird ein führender Politiker auf dem Bruderholz oben ein paar Meter vor seinem Haus niedergeschlagen«, meinte Edi schmatzend. »Niemand weiß, ob er überlebt. Und was tut sich in Basel? Absolut nichts. Das stinkt doch zum Himmel.«

»Heutzutage gibt es Menschen, die bloß deshalb jemanden niederschlagen, weil sie Lust darauf haben. Solche Täter zu finden ist fast unmöglich.«

»Und du glaubst, dass das passiert ist?«

»Ich glaube gar nichts. Weil ich nichts mehr damit zu tun habe.«

Es war kaum zu fassen, mit welcher Geschwindigkeit Edi die Gurken verschlang.

»Du wirst doch nicht das ganze Glas leer essen?«, fragte Hunkeler.

»Doch. Ich brauche etwas zwischen den Zähnen.«

»Also gut. Bring die Würste. Und Brot und ein Glas Weißen. Dann essen wir zusammen wie zwei anständige Christenmenschen.«

Daheim in seiner Wohnung stopfte er die Drucksachen, die er aus dem Briefkasten geholt hatte, in den Mülleimer, setzte sich auf den Balkon und schaute in den Hinterhof hinaus, der kahl vor ihm lag. Jemand hatte den mächtigen Ahorn umgehauen, der hier sein Geäst ausgebreitet hatte. Jemand von der Stadtgärtnerei, der es nicht für nötig befunden hatte, die Anwohner zu fragen. Jetzt waren die Balkone der Häuserzeile gegenüber zum Greifen nahe. An den Sommerabenden, wenn die Hitze die Leute auf die Balkone trieb, würde kein kühlendes, die Stimmen dämpfendes Laubwerk mehr da sein. Man schaute sich direkt in die Schlafzimmer, man verstand jedes Wort.

Er dachte lange nach. Dann rief er die Auskunft an und verlangte Adresse und Telefonnummer von Lydia Siegenthaler. Sie wohnte am Andreasplatz 7. Er wählte die Nummer und hörte eine hohe, helle Stimme. Er stellte sich kurz vor. Natürlich erinnere sie sich an ihn, sagte sie. Und gern würde sie sich mit ihm treffen. Morgen um elf in der Wirtschaft Hasenburg.

Als er am andern Morgen über den Petersplatz ging, leuchtete die Frühlingssonne durch das laublose Geäst der Ulmen. Er überquerte den Petersgraben und bog in die Altstadt ein. Kein Auto war unterwegs, kein Fußgänger, die Menschen schienen alle noch in den Betten zu liegen und zu schlafen. Er stieg das Imbergässlein hinunter, das nach dem heiligen Imber so hieß. Hier war Basel am geheimnisvollsten. Altes Gemäuer links und rechts, lichtlos, baumlos, eine jahrhundertealte Versteinerung. Teilweise renoviert und zu Luxuswohnungen ausgebaut. Es galt als chic, in der Altstadt zu wohnen.

Unten in der Schneidergasse setzte er sich ins Sonnenlicht vor der Hasenburg und bestellte Kaffee und ein Croissant. Er holte drinnen zwei Sonntagszeitungen. In der einen, die aus Zürich kam, war ein längerer Artikel über Basel, übertitelt mit »Faustrecht am Rheinknie?«. Darin wurde, ausgehend vom Fall Debrunner, die Frage gestellt, ob Basel noch eine sichere Stadt sei. Ob in der von der Chemie finanzierten Wohlfühloase mit ihrer rotgrünen Gutmenschenpolitik nicht die asozialen, parasitären Elemente, die IV-Bezüger und Drögeler aller Schattierungen, allzu sehr mit Samthandschuhen angefasst würden. Wo führte das hin, wenn selbst geachtete Politiker auf dem Bruderholz ihres Lebens nicht mehr sicher waren? Antwort: Direkt in die sicherheitspolitische Verwahrlosung, ins Faustrecht.

Dieser Artikel erstaunte Hunkeler nicht. Es war ein beliebter Sport der Zürcher Presse, Basel bei jeder Gelegenheit schlechtzuschreiben. Und Basel hatte nicht die publizistischen Mittel, sich gegen solche Anfeindungen zu wehren. Die Reichweite des Basler Lokalblattes war sehr beschränkt. Eine eigene Sonntagszeitung gab es nicht in der Stadt. Die großen Redaktionen saßen fast alle in Zürich.

Vielleicht war es aber auch so, dass sich Basel gar nicht wehren wollte. Den Baslern war es egal, was man in Zürich über sie schrieb. Ihnen war es wohl in den eigenen Mauern. Sie genügten sich selber.

Lydia Siegenthaler kam um halb zwölf. Eine zierliche, grazile Gestalt, dunkelbraune Augen, kleiner Diamantring am Finger. Sie trug ein grünes Kopftuch. Ihre Stimme klang seltsam hoch, als sie ihn begrüßte. Er wunderte sich, dass ihm das auffiel, denn sie hatte in den Nächten im Krankenhaus kein Wort gesagt.

»Tragen Sie eigentlich immer ein Kopftuch?«, fragte er.

Sie lächelte ihn an.

»Nein. Nur wenn ich ausgehe. Dann allerdings immer. Warum?«

»Weil es auffallend ist heutzutage. Ich habe in letzter Zeit drei junge Damen gesehen mit Kopftuch. Vielleicht auch vier, ich weiß es nicht mehr genau.«

»Ich komme vom Lande«, sagte sie. »Meine Großmutter trug immer ein Kopftuch, wenn sie aufs Feld ging. Übrigens finde ich die Frage saublöd. Es sollen doch alle so herumlaufen, wie sie wollen.«

Er nickte, er schämte sich.

»Ich wohne in einer WG mit lauter Medizinstudentinnen. Wir tragen alle ein Kopftuch, wenn wir ausgehen. Auch deshalb, weil wir uns mit den muslimischen Frauen solidarisieren wollen.«

Er steckte sich eine Zigarette an.

»Das sollten Sie unterlassen, bitte.«

Er nahm zwei Züge und drückte die Zigarette aus.

»Ich habe Sie angerufen«, sagte er, »weil ich mich bei Ihnen herzlich bedanken möchte. Sie sind mir in den Nächten im Spital wie ein Engel erschienen.«

»Ich habe bloß meine Arbeit gemacht.«

»Für mich war es mehr. Wenn Sie in einem fremden Bett neben einem sterbenden Mann liegen und mitten in der Nacht eine Turmuhr schlagen hören, dann kommen die schwarzen Gedanken. Dann ist es wie ein Wunder der Auferstehung, wenn plötzlich die Tür aufgeht, eine junge, schöne Frau hereinkommt und Ihnen eine Pille verabreicht, die Sie in Tiefschlaf befördert.«

Sie rümpfte die Nase, ein bisschen spöttisch. Aber sie war auf der Hut.

»Sind Sie immer so poetisch? Ich habe gemeint, Sie seien Polizist.«

»Das war ich einmal. Ich unterhalte mich mit Ihnen als Privatmann.«

Sie nahm einen Schluck vom Campari Soda, den sie bestellt hatte. Ihre Hand zitterte leicht.

»Ich habe Ihnen immer eine ziemlich starke Dosis verpasst. Ich will, dass die Patienten schlafen in der Nacht.«

»Und dem nebenan, dem Fankhauser, haben Sie dem auch eine starke Dosis verpasst?«

Jetzt war das Lächeln weg. Es traf ihn ein kühler, scharfer Blick.

»Dürfen Sie das überhaupt? Mich ausfragen wie im Verhör? Es war schon einer bei mir, der hieß Madörin. Aber der hat seinen Ausweis gezeigt.«

»Von Amtes wegen darf ich das nicht. Als Privatmann schon. Sie brauchen nicht zu antworten. Sie können gehen, wenn Sie wollen.«

Aber sie blieb.

»Dr. Fankhauser hat darauf bestanden«, sagte sie, »die letzten Tage und Stunden bei Bewusstsein zu verbringen.«

»Woran ist er eigentlich gestorben?«

»An Herzversagen. Haben Sie das nicht gewusst?«

»Doch, ich habe davon gehört.«

»Um Mitternacht, als ich Ihnen die Pille brachte, hat er noch vor sich hin gemurmelt.«

»War es wirklich um Mitternacht? War es nicht später?«

Sie erschrak ein bisschen. Dann schüttelte sie unwillig den Kopf.

»Was soll das? Es war jedenfalls mitten in der Nacht. Bei meinem Rundgang am Morgen früh lag er tot im Bett. Danach hat alles seinen normalen Gang genommen.«

»Sind Sie bei der Trauerfeier im Münster gewesen?«

»Nein, natürlich nicht. Es sterben viele im Spital, ich kann nicht zu jeder Trauerfeier gehen. Haben Sie sonst noch eine Frage?«

»Ja. Ich habe etwas gesehen in jener Nacht, was mir keine Ruhe lässt. Ich frage mich, ob es Traum war oder Halluzination. Oder Wirklichkeit.«

Sie wartete, sie sagte nichts.

»Mein Hausarzt meint, dass es eine Halluzination sein könnte, hervorgerufen durch die Pille, die Sie mir verabreicht haben. Aber ich glaube es nicht.«

»Was haben Sie denn gesehen?«

»Ich habe eine junge Frau hereinkommen sehen. Sie hat mir die Pille gegeben und gewartet, bis ich einschlafe. Ich bin aber nicht so schnell eingeschlafen, wie sie wohl dachte. Ich habe noch gesehen, wie sie an das Bett nebenan trat und

Fankhauser eine Spritze verpasste. Erst dann bin ich eingeschlafen.«

»Und wer soll das gewesen sein? Etwa ich? Um diese Zeit habe ich Fankhauser sicher keine Spritze gegeben.«

»Ich weiß es nicht.«

»Haben Sie die Frau nicht an ihrer Stimme erkannt?«

»Sie hat kein Wort gesagt.«

Sie schüttelte den Kopf. Dann fasste sie ihn streng ins Auge.

»Hören Sie, das ist Unsinn. Sie müssen von der Pille schwer beduselt gewesen sein.«

»Vielleicht wollte ihn jemand von seinen Leiden erlösen?«

Jetzt lächelte sie wieder.

»Das wäre allerdings eine Möglichkeit. Vielleicht eine Überdosis Insulin? Was übrigens kaum zu beweisen wäre.«

Erneut schüttelte sie den Kopf.

»So etwas geschieht nicht im Spital. Wenn jemand sterben muss, helfen wir ihm, dies auf einigermaßen menschenwürdige Art zu tun. Aber wir bringen ihn nicht um. Warum lassen Sie Herrn Fankhauser nicht einfach seine Ruhe?«

»Meinen Sie? Vielleicht sollte ich das tun.«

»Seine Asche ist längst bestattet. Was es auch immer war in jener Nacht, Traum oder Halluzination, vergessen Sie es. Seien Sie froh, dass Sie wiederhergestellt sind.«

Sie trank ihr Glas aus und erhob sich.

»Ein herrlicher Frühlingstag, nicht wahr? Und danke für die Einladung.«

Er blieb noch eine Weile sitzen und schaute zu, wie sich die Gasse langsam belebte. Die ersten Touristen tauchten auf, den offenen Führer in der Hand. Marktfrauen vom nahen Marktplatz, die Blumen, Brot und Gemüse verkauft hatten. Ein paar Weintrinker in Hunkelers Alter, er kannte sie von früher. Sie schauten ihn unsicher an, sie betraten den Wirtsraum, ohne ihn zu grüßen.

Er beschloss, nach Riehen zu fahren und in Bettingen oben einen Spaziergang zu machen. Bei der Fahrt über die Rheinbrücke schaute er nach rechts zur Häuserfassade der Augustinergasse hinüber, zur alten Universität und zur Pfalz, die steil aus dem Fluss aufragte. Dort leuchtete der rote Sandstein des Münsters im Sonnenlicht. Unglaublich, wie schön Basel an einem Sonntagmittag sein konnte.

Er durchquerte Kleinbasel und kam auf die offene Strecke, wo man direkt auf den Tüllinger Hügel sah, der sich jenseits der Grenze erhob. Dort oben, in Ötlingen, wuchs ein Wein, den er sehr mochte. Er beschloss, vor dem Spaziergang noch kurz einzukehren.

Riehen bot das Bild einer sonntäglich aufgeräumten Kleinstadt. Das war immer so hier, auch an Werktagen. In früheren Jahrhunderten war Riehen Landsitz der Basler Aristokraten gewesen. Ihre Gutshöfe standen noch. Zum Beispiel der des Bürgermeisters Wettstein, der nach dem Dreißigjährigen Krieg im Westfälischen Friedensabkommen die Selbständigkeit der Eidgenossenschaft erstritt. Eine bedeutende historische Persönlichkeit, wie Hunkeler in der Schule gelernt hatte. Nichts gehört hatte er davon, dass dieser Wettstein im Bauernkrieg von 1653 die Baselbieter Bauernführer hatte köpfen lassen. Da war er selber draufgestoßen.

Er bog nach rechts ab, nach Bettingen hinauf. Ein sanft ansteigendes Villenviertel, ein lauer Frühlingswind wehte durch das offene Fenster. Auffallend wenige Autos standen hier auf der Straße. Sie waren alle in den Privatgaragen geparkt, um gegen Sturm und Hagel geschützt zu sein.

Bettingen gehörte zusammen mit Riehen zum rechtsrheinischen Gebiet des Halbkantons Basel-Stadt. Herrliche, ruhige Lage, gesunde Luft, schon in der Grundschule gehobenes Niveau. Und fast kein Türkisch oder Albanisch, das die Verständigung störte. Man konnte von hier aus wunderschön wandern, über die deutsche Grenze nach Grenzach am Rhein oder durch den Wald nach Inzlingen.

Hunkeler parkte vor dem Landgasthof, ging hinein und setzte sich an einen Tisch, an dem eine alte Dame eine Suppe aß. Sie saß kerzengerade auf ihrem Stuhl, Dauerwellen im schütteren Haar, goldene Ohrringe, eine frisch gebügelte, hellblaue Bluse. Dem wunderbaren Duft nach, der im Raum lag, musste es sich um Fleischsuppe handeln, die sie löffelte.

»Bitte dasselbe wie die Dame hier«, sagte Hunkeler, »und ein Glas roten Ötlinger.«

Die Tische waren nur zur Hälfte besetzt. Der Wirt, in weißer Kochjacke, der mit zwei Herren einen Halben Weißen trank. Eine Familie mit drei Kindern, müde von einer Wanderung. Einige Ausflügler. Hinten in der Ecke spielten drei alte Frauen Karten. Eine fast feierliche Bedächtigkeit und Ruhe, nur hin und wieder von den Schlägen einer Wanduhr unterbrochen.

»Schmeckt es?«, sagte Hunkeler zur Dame am Tisch, die sorgfältig an einem Stück Fleisch kaute.

Sie nickte.

»Das Fleisch ist gut. Wenn nur die Zähne besser wären. Warum fragen Sie?«

»Ach so«, sagte er, »ich will nicht stören. Entschuldigen Sie bitte.«

»Sie stören überhaupt nicht. Ich unterhalte mich gerne. Ich habe früher viel geredet, berufshalber, müssen Sie wissen.«

Sie hieß Martina Ehringer. Sie war Primarlehrerin in Riehen gewesen.

»Dann haben Sie bestimmt Stephan Fankhauser gekannt«, sagte Hunkeler. »Ich war nämlich ein Studienkollege von ihm.«

»Den Steffi, natürlich habe ich den gekannt. Ich bin bei der Trauerfeier im Münster gewesen. Der hat es unglaublich weit gebracht, der war ein großes Tier. Trotz allem.«

Er strich Meerrettichsauce auf ein Stück Fleisch und schob es in den Mund.

»Ich habe bei der Trauerfeier gehört«, sagte er, »dass sein Vater Grenzwächter war.«

»Ja, stimmt, der alte Joseph Fankhauser. Er hat am Grenzübergang nach Stetten/Lörrach gearbeitet. Er war halt sehr streng. Sie hatten mit Steffi zu tun, sagten Sie?«

»Wir waren zusammen an der Uni.«

»Ah ja? Das hätte Steffi niemand an der Wiege gesungen, dass er einmal studieren würde. Er hatte zwar von Anfang an gute Noten, ich war seine Lehrerin. Aber er war irgendwie verschlossen, gehemmt. Weil sein Vater ihn brutal unterdrückt hat. Er hat kein gutes Haar an ihm gelassen. Er hat ihn geschlagen, wann immer es ihm passte. So war der eben, der alte Fankhauser. Ein Emmentaler, aus der Gegend von Langnau, glaube ich. Streng, aber gerecht, wie man das damals nannte. Und obrigkeitsgläubig bis zur Selbstaufgabe. Deshalb hat Steffi später auch so wild revoluzzt. Er war ein richtiger Kommunist in jungen Jahren. Der alte Fankhauser hat sich deswegen in Grund und Boden geschämt.«

Sie schob ihren Teller weg, in dem noch ein großes Stück Fleisch lag.

»Ich bin im letzten November achtzig Jahre alt geworden. Ich esse nicht mehr viel. Ich lebe nicht mehr vom Fleisch, sondern von der Erinnerung.«

Sie lächelte ihn überaus freundlich an.

»Es freut mich, dass Sie sich die Zeit nehmen, mit mir zu reden. Man wird einsam mit den Jahren. Und ich bin eine alte Jungfer, Monsieur.«

Er lächelte freundlich zurück.

»Und Steffis Mutter«, sagte er, »was war das für eine?«

»Die Marietta? Die war herzlich und lebenslustig. Und intelligent. Ich habe nie begriffen, warum die beiden zusammengekommen sind. Ich glaube, sie hat unter ihrem Mann gelitten. Sie ist relativ jung gestorben. Es war halt eine schwere Zeit für uns alle damals. Riehen und Bettingen wären ja nicht verteidigt worden im Zweiten Weltkrieg, wenn die Wehrmacht einmarschiert wäre. Wir lagen gleichsam auf dem Präsentierteller. Und fast täglich kamen Flüchtlinge herüber, jammervolle Gestalten. Viele mussten zurückgeschickt werden. Das war Vorschrift. Das hat Marietta nicht ertragen, das hat sie innerlich vergrämt.«

Sie tupfte sich mit der Stoffserviette den Mund ab. Dann schaute sie ihn aus alten, traurigen Augen an.

»Das haben viele nicht ertragen damals. Aber so war es eben. Warum interessiert Sie das?«

»Ich war im Spital sein Zimmernachbar, als er starb.«

»Ach so? Er hat ja trotzdem Karriere gemacht, nicht wahr? Es hat mich sehr gefreut, mit Ihnen zu reden, Monsieur.«

Sie erhob sich umständlich und griff zum Stock, der an der Wand lehnte.

»Ich habe übrigens einiges gesammelt aus jener Zeit. Falls es Sie interessiert, rufen Sie mich an. Meine Nummer steht im Telefonbuch.«

Er schaute ihr nach, wie sie vorsichtig hinaushumpelte.

Mitte der folgenden Woche beschloss Hunkeler, die Fichte, die ein Novembersturm umgeknickt hatte, zu zersägen. Den oberen Teil hatte der Wind weggebrochen und knapp am Scheunendach vorbei in die Wiese geworfen. Den unteren Teil mit dem Wurzelstock hatte dann ein Nachbar auf Hunkelers Bitte hin mit dem Traktor umgerissen. Das war gutes Brennholz, gut zum Einfeuern.

Er holte die Motorsäge aus der Scheune und wollte sie gerade anwerfen, da hörte er es summen. Es kam aus dem Weidenbaum, der in voller Blüte stand. Ein monotones, eindringliches, unglaubliches Sirren, dessen Lautstärke fast ohrenbetäubend wurde, als Hunkeler hinging und sich auf die Bank am Weidenstamm setzte. Es war die Musik der Bienen. Der ganze Baum summte, die Wiese, die Welt.

Er lauschte, in wachsender Verzückung. Das Geheimnisvolle an dieser Musik war, dass sie stets gleich blieb und auf einem einzigen Ton verharrte. Kein An- oder Abschwellen, kein Piano, kein Crescendo, immer gleich. Und vielleicht gerade deshalb so betörend.

Er staunte jeden Frühling erneut darüber, dass sie wieder da waren, nach dem langen Winterschlaf zu neuem Leben erweckt, zielsicher die erste blühende Weide anfliegend. Fast wurde er fromm bei diesem Gedanken.

Er wusste, dass François, der weiter hinten am Bach wohnte, ein Imker war. Vielleicht sollte er ihn einmal fragen, wie man so etwas machte. Zeit hatte er genug, und Platz für weitere Weidenbäume auch. Zudem wuchsen in der Umgebung Zwetschgenbäume, Kirschbäume, Apfelbäume, Birnbäume. Die blühten ebenfalls und wurden von den Bienen besucht. Gewiss gab es weitere bienenfreundliche Büsche und Bäume, die er anpflanzen und so die Bienen einladen konnte zum frohen Summen.

Er fand, dass er eigentlich noch ein schönes Leben vor sich hatte. Wer sich in späten Jahren überlegen kann, so dachte er, ob er Imker werden will oder nicht, der ist vom Glück gesegnet. Es bestand kein Grund zu irgendwelchen Depressionen. Kein Grund auch, irgendwelchen geheimnisvollen Nachtschwestern, die nach Muskat oder sonst was dufteten, nachzugrübeln.

Er war mit seinem Leben zufrieden, als er unter dem Weidenbaum saß. Und er beschloss, endlich mit der Arbeit zu beginnen und dem Fichtenstamm zu Leibe zu rücken.

Da erschien vorne auf der Straße eine Gestalt. Ein Mädchen, eine junge Frau. Sie trug eine Reisetasche mit sich und auf dem Haar ein gelbes Kopftuch. Sie schien etwas zu suchen.

Er hatte sie noch nie gesehen. Aber an der Art, wie sie ging, wie sie den Kopf hielt, wie sie stehenblieb und zu ihm herüberschaute, sah er, dass es Estelle war, seine Enkelin.

Er erhob sich und ging langsam auf sie zu.

»Bist du Estelle?«, fragte er.

»Ja. Wenn du mein grand-père bist.«

Sie schauten sich an. Er wusste nichts weiter zu sagen.

»Tu es mon grand-père?«

»Ich glaube schon, ja. Wo kommst du denn her? Ich meine, wie kommst du hierher?«

»Per Autostopp. Er hat mir alles weggenommen. Sogar le mobile. Damit ich nicht telefonieren kann.«

»Wer?«

»Mon père, le salaud. Ich habe kein Geld, nichts. Er wollte mich einsperren.«

»Ist er so schlimm?«

Sie nickte. Sie stellte die Tasche ab und schien einen Moment nahe daran umzufallen.

»Oui. Weil ich schwanger bin. Aber ich bin achtzehn, ich bin volljährig. Kann ich hierbleiben?«

Sie wirkte sehr zerbrechlich, und erschöpft. Hunkeler hob die Tasche auf.

»Komm herein. Wir trinken Tee zusammen. Vielleicht hast du Hunger?«

Sie nickte. Sie gingen hinein in die Küche. Er setzte Teewasser auf, brachte auf den Tisch, was er hatte. Brot, Käse, Leberpastete, Essiggurken.

»Magst du Spiegeleier?«

»Oui, grand-père.«

Sie schien ausgehungert zu sein. Sie griff wacker zu.

»Dann bist du einfach weggelaufen von zu Hause?«, fragte er. »Und sie wissen nicht, wo du bist?«

»Non. Meine Mutter weiß es. Sie hat mir geraten, zu dir zu kommen.«

»Seit wann bist du unterwegs?«

»Seit gestern. Meinem Vater habe ich nichts gesagt. Vielleicht weiß er es von der Mutter. Il est trop con. Weil er Marokkaner ist.«

Sie nahm ihr Kopftuch weg, faltete es zusammen und legte es in die Tasche.

»Er will, dass ich ein Kopftuch trage, wenn ich ausgehe. So etwas von paternalisme. Dégueulasse.«

Er schnitt ihr ein weiteres Stück Brot ab, bestrich es mit Butter.

»Und dein Freund?«

»Was für ein Freund?«

»Der Vater deines Kindes.«

»Ach so. Das habe ich bloß gesagt, damit du mich hereinnimmst. Jetzt wirfst du mich nicht mehr hinaus, oder, grand-père?«

»Soll das heißen, du bist gar nicht schwanger?«

»Mais non. Überhaupt nicht.«

Sie lachte ihn an. Sie fühlte sich sicher.

»So eine Gemeinheit, mich anzulügen. Und ich habe schon Angst gehabt.«

»Angst? Warum denn?«

»Gut. Vielleicht auch ein bisschen Freude.«

Sie hatte die Leberpastete weggeputzt. Sie aß das letzte Stück Brot auf.

»Manchmal muss man lügen, um sich zu helfen. N'est-ce pas, grand-père?«

»Vielleicht, ja.«

»So, ich bin müde. Wo kann ich schlafen?«

»In der Kammer über Hedwigs Zimmer.«

»Elle est sympa, Hedwig. Liebst du sie?«

Er saß da wie ein Schuljunge, der keine Antwort wusste. Dann nickte er.

»So, komm jetzt. Ich zeige dir dein Bett.«

Er führte sie in die Kammer, stellte die Reisetasche auf den Tisch. Sie betrachtete belustigt die alte Bettstatt.

»Comme un bateau, wie ein Schiff. In einem solchen Bett kann einem nichts passieren, n'est-ce pas, grand-père?«

Sie streifte die Schuhe ab und schlüpfte unter die rotweiß gewürfelte Decke.

»Je reste ici«, sagte sie. »Ich bleibe hier.«

»Willst du ein Nachthemd?«

»Nachthemd? Was ist das?«

»Une chemise de nuit. Oder ein Pyjama?«

Sie lachte ihn an. Sie fand ihn wohl drollig.

»Une chemise de nuit, s'il te plaît.«

Am Abend kam Hedwig. Er war in der Küche am Kartoffelraffeln für eine Rösti.

»Und?«, fragte sie.

»Was und?«

»Kommt ihr aus miteinander?«

»Ich mit ihr schon. Und sie findet mich, wie ich annehme, sympa.«

Er stellte die Bratpfanne auf den Herd und gab Speckwürfel hinein. Als das Fett auslief, tat er die Kartoffeln dazu. Er salzte und rührte um. Dann stellte er die Flamme auf klein.

»Bist du mir böse?«, fragte sie.

»Eigentlich nicht. Aber wie soll das alles gehen?«

Sie goss sich eine Tasse Tee ein.

»Ich finde«, sagte sie, »du kannst auch einmal etwas tun für deine Familie.«

»Wer hat mich verlassen? Ich meine Frau, oder meine Frau mich?«

»Dafür kann Estelle wirklich nichts.«

»Was ist eigentlich mit ihrem Vater? Kennst du ihn?«

»Ich habe ihn ein paar Mal gesehen. Er ist sympathisch.«

»Warum sagt man mir nie etwas?«, schrie er. »Bin ich eigentlich der letzte Idiot?«

»Still, du weckst sie auf.«

»Sie kommt einfach herein wie eine Katze und legt sich ins Bett. Oui, grand-père, n'est-ce pas, grand-père. Und ihr Vater ist ein Marokkaner, ein Muselman. Morgen bringe ich sie zurück.«

Jetzt musste sie lachen, es schüttelte sie richtig.

»Das ist überhaupt nicht lustig«, brüllte er.

Doch dann musste er selber lachen. Er holte ein Blatt Papier und legte es auf den Tisch.

»Wo wohnt sie?«

»In Les Prés. Das ist ein Weiler in den Vogesen, hinter Thann. Ihr Vater hat eine démolition, alte Autos, von denen er Einzelteile verkauft, die nicht mehr im Handel sind. Dazu Musikdosen und allerlei Nippes. Er kommt manchmal auf den Petersplatz, zum Flohmarkt.«

»Schreib alles auf. Genaue Adresse und Handynummern, von ihm und Isabelle. Den Kerl knöpfe ich mir vor.«

Sie schrieb alles aufs Papier, wie geheißen.

»Du solltest das Gas abdrehen, sonst brennt die Rösti noch an.«

Er drehte die Flamme ab und kippte die Rösti auf einen Teller. Sie war schön durchgebraten. Er stellte sie auf den Tisch.

»Sie ist volljährig«, sagte Hedwig. »Sie ist Französin, hat aber auch den Schweizer Pass. Also kann sie in Basel arbeiten. Sie kann bei mir wohnen, bis sie etwas Eigenes hat.«

»Das hast du dir ja schön ausgedacht. Und was soll ich tun?«

»Du passt ein bisschen auf sie auf. Und du suchst ihr eine Stelle.«

»Ach so? Und wo? Und wie?«

Wieder musste sie lachen.

»Freu dich doch, grand-père.«

Estelle wollte ein mobile haben, absolument tout de suite. Also fuhren sie nach Altkirch, um eines zu kaufen.

»Wo hast du eigentlich übernachtet?«, fragte er, als sie durch Hundsbach rollten.

»Wann?«

»In der Nacht, als du zu mir unterwegs warst.«

»In Mulhouse.«

»Aber du hast doch kein Geld gehabt.«

»Ein bisschen schon. Ich habe mich in eine Bar beim Bahnhof gesetzt, wo die Jungen sind. Zwei habe ich gekannt, die haben mir geholfen. Pourquoi?«

»So eine junge Frau. Ich meine, ist das nicht gefährlich?«

Sie lachte ihn an, aus hellen Augen.

»Tu es gentil, grand-père.«

»Was hast du bis jetzt getrieben? Zur Schule gegangen? Eine Lehre gemacht?«

»Zur Schule gegangen. Ein bisschen gearbeitet. Im Service, im Heuschreck in Thann. Das ist eine Art Disco. Heuschreck heißt sauterelle.«

»Ich weiß. Heugümper.«

»Im Sommer, je suis partie. Ich bin immer abgehauen. Dans le midi, ans Meer. In den Vogesen hält es keine Sau aus. Man sagt, die Vogesen seien ein wunderbares Wandergebiet. Aber es wandert niemand. Hin und wieder ein verrunzeltes Paar, das sich fast nicht auf den Beinen halten kann. Deshalb bin ich abgehauen.«

»Was willst du denn werden?«

»Werden? Warum? Die Zeit vergeht, auch ohne dass ich etwas werde.«

In Tagsdorf hätte er beinahe die Schwelle übersehen, die man über die Straße gelegt hatte, um die Raserei zu unterbinden. Er trat voll auf die Bremse.

»Merde«, fluchte er, »les cochons.«

Wieder lachte sie, als es den Wagen durchschüttelte.

»Du fluchst ja französisch, grand-père.«

»Mais bien sûr. Weil ich in Paris war.«

Sie bogen ein in die Hauptstraße, die Mulhouse mit Altkirch verband. Der Verkehr stockte, Laster mit Anhänger versperrten den Weg.

»Und Isabelle?«, fragte er. »Kommst du aus mit ihr?«

»Maman? Elle est un peu bizarre, ein bisschen komisch.

Ganz okay für ihr Alter. Zu mir ist sie lieb. Sie hat ihre Ziegen. Mit ihnen ist sie glücklich.«

»Ach so? Wie viele hat sie denn?«

»Ein Dutzend. Oder mehr. Sie macht Ziegenkäse, sie versucht es wenigstens. Du chèvre, schrecklich. Sie verkauft ihn sogar.«

Sie rümpfte die Nase und schüttelte ihr kurzes Haar.

»Sehe ich maman sehr ähnlich?«

Er nickte.

»Ich habe dich auf den ersten Blick erkannt. Wie du dagestanden hast, die ganze Haltung.«

»Dégueulasse.«

»Nein, gar nicht. Ich finde es schön, dass du Isabelle gleichst.«

»Und grand-maman, sehe ich der auch ähnlich?«

Sie standen im Stau. Er stellte den Motor ab. Er spürte ihren Blick auf sich, den hellen, neugierigen. Aber er schwieg.

»Erzähl etwas von Paris«, bat sie.

»Was soll ich erzählen? Das alles ist lange her.«

»Wie alt bist du gewesen?«

»Zwei Jahre älter als du.«

»Und was hast du gemacht, am Tag, in der Nacht?«

Er überlegte lange.

»Es gab ein Bistro im Quartier, das hatte rund um die Uhr offen. Es hieß le Bouquet und war in einer Seitengasse vom Boulevard St. Germain. Nichts Besonderes, ein gewöhnliches Bistro, wie sie damals waren. Eine Theke, wo die Leute im Stehen kurz einen Kaffee tranken. An der Wand ein paar Tischchen, meistens leer. Dort ging ich oft um Mitternacht hin, um noch ein Bier zu trinken.«

»Allein?«

»Ja, allein.«

»Pourquoi? Warum allein?«

»Ich weiß auch nicht. Weil ich allein sein wollte. Eines Nachts saß ich an einem der Tischchen. Da kam ein Mädchen herein, schaute mich kurz an und setzte sich zu mir. Sie hat Kaffee getrunken, das weiß ich noch. Sie kam aus Deutschland. Sie hat gesagt, sie habe sich für morgens um sechs Uhr verabredet in einem Café beim Jardin du Luxembourg. Wir haben zusammengesessen bis kurz vor sechs. Wir haben geredet, sorgfältig, neugierig. Wir haben die wechselnde Kundschaft beobachtet. Wie es draußen hell wurde. Die Lieferwagen, den Bäcker mit dem Korb voller Brote. Verschlafene Gesichter. Die ersten Cafés au lait, Sandwichs mit Schinken oder Käse. Dann sind wir zusammen zum Café gegangen, wo sie verabredet war. Ich weiß noch, dass ich die Amseln im Jardin du Luxembourg singen hörte. Das kam mir seltsam vor, mitten in der Stadt. Wir haben uns kurz verabschiedet, ich habe mich nicht umgedreht, als ich wegging. Auf dem Rückweg ist mir aufgefallen, dass ich ihren Namen nicht kannte. Und sie wusste auch meinen Namen nicht.«

»Hast du sie gar nicht mehr gesehen?«

»Nein.«

»Wie hat sie ausgesehen?«

»Wie eben so ein Mädchen aussieht. Schön.«

Sie überlegte eine Weile. Dann nickte sie.

»Dort will ich auch hin«, sagte sie.

Als sie zwei Stunden später zurückfuhren, waren sie zu dritt. Hunkeler am Steuer, auf der Rückbank Estelle, mit der einen Hand drückte sie das mobile ans Ohr, mit der andern hielt sie eine Ziege am Halsband fest, die sie im Gepäckraum verstaut hatten.

Estelle redete sehr schnell ins Handy, auf Französisch, so dass Hunkeler nicht alles verstand. Immerhin bekam er mit, dass sie einer Freundin erzählte, wie sie mit ihrem grand-père auf dem Markt in Altkirch eine Ziege gekauft habe. Doch, der sei nett, très sympa. Un peu drôle, aber mignon. Er habe Betten wie Schiffe, mit denen man aufs Meer fahren könnte. Mais oui, es gehe ihr gut, sie bleibe eine Zeitlang hier.

Sie schob das mobile in die Tasche.

»Sie heißt Lucie«, sagte sie. »Jacqueline wäre auch hübsch, aber Lucie ist eleganter. Oder was meinst du, grand-père?«

Er nickte kurz, er brummte etwas vor sich hin.

»Bist du böse?«

»Nein, sauer.«

»Das macht nichts. Lucie wird dich aufheitern. Mit Ziegen kann man reden, sie können lachen. Hast du das gewusst, grand-père?«

»Ja, Herrgottsack. Vermutlich lacht sie sich schon jetzt den Buckel voll.«

»Ziegen haben doch keinen Buckel, grand-père.«

»Jetzt hör endlich auf mit deinem ewigen grand-père!«, schrie er. »Ich heiße Peter, nicht grand-père.«

Jetzt war sie beleidigt, sie zog eine Schnute.

»Entschuldigung«, sagte er, »es war nicht böse gemeint. Aber wer soll sich um sie kümmern?«

»Ich natürlich. Ich kenne mich aus mit Ziegen.«

»Und wenn du nicht da bist?«

»Du. Du hast doch viel Zeit. Sie ist noch jung, man muss sie nicht melken. Sie braucht Milch. Die können wir bei den Nachbarn holen. Du wirst sehen, das klappt bestens.«

Er bog ab ins Hundsbachtal. Er fuhr langsam, im zweiten Gang, durch die Dörfer. Vielleicht hatte sie ja recht, überlegte er, als sie wieder zu telefonieren begann. Vielleicht würde es gehen. Platz hatte er genug, Stroh für den Stall auch. Altes Heu lag noch eine Menge auf dem Heuboden. Und wenn es Schwierigkeiten gab, konnte er die Ziege der Nachbarin bringen.

Trotzdem grummelte er vor sich hin. Er war schlicht überrumpelt worden von dieser Göre, die seine Enkelin war. Von ihrem schnellen Entschluss. Er hatte nicht den Hauch einer Chance gehabt, ihr zu widersprechen.

»Binde sie am Nussbaum fest«, sagte er, als er vor seinem Haus den Motor abstellte. »Ich mache ihr den Verschlag bereit. Meinst du, sie frisst Heu?«

»Wenn sie nichts anderes bekommt, schon. Viel lieber hat sie frisches Gras.«

»Da ist sie ein bisschen früh dran. Das Gras muss erst wachsen.«

»Verdünnte Kuhmilch, das hat sie gern. Hast du eine Babyflasche?«

»Warum? Sie wird doch noch aus einem Kessel saufen können.«

Er ging in die Scheune, holte zwei Strohballen herunter und schüttete sie im alten Kälberverschlag auf. Dann holte er Heu. Mal sehen, dachte er, ob das für Madame Lucie gut genug war. Wenn nicht, konnte sie der Teufel holen.

Aber dann musste er grinsen. Eine Ziege, gar nicht so schlecht. Ein Scharren, ein Bocken, ein Meckern. Als alter Bauer kam er sich vor, als eine Art Robinson, dem ein Tier zugelaufen war. Und vielleicht würde es eines Tages Nachwuchs geben.

Er hörte, wie Estelle hereinkam. Sie war schreckensbleich, sie zitterte.

»Das Schloss der Haustür ist eingedrückt«, sagte sie. »Da ist jemand im Haus. Ein Mann.«

»Was? Hast du ihn gesehen?«

»Ja, durch die Scheibe der Küchentür. Est-ce qu'il est méchant? Ist er böse?«

»Nein, sicher nicht. Du musst keine Angst haben.«

Aber ihr Zittern steckte ihn an. Er spürte, wie sein Nacken kalt wurde. Und das am heiterhellen Tag, lächerlich. Er ging zum Spaltstock und nahm das kleine Beil in die Hand. Damit trat er auf den Vorplatz hinaus und näherte sich leise der Haustür. Richtig, da hatte jemand mit aller Kraft gegen das alte Schloss getreten und es aufgesprengt.

Er überlegte kurz. Er ging in die Scheune zurück, legte das Beil wieder hin und holte von einem Balken einen Lumpen herunter. Darin eingewickelt war die alte Pistole, die er von seinem Vater geerbt hatte. Sie war immer noch geladen, aber er wusste nicht, ob die Schüsse noch zünden würden. Er nahm das Magazin heraus und leerte die Patronen in seine linke Jackentasche. Dann schob er das Magazin wieder hinein und legte die Pistole in die rechte Tasche.

»Wirst du schießen, grand-père?«, fragte Estelle, die ihm gefolgt war.

»Aber nein. Ich fühle mich einfach sicherer mit einer Pistole. Du bleibst hier und rührst dich nicht vom Fleck.«

Sie nickte, sie bebte vor Aufregung.

Er ging leise über den Vorplatz, trat ins Haus und stieß die Küchentür auf. Er sah Christian Moor am Tisch sitzen, vor sich ein Glas und eine halbleere Weinflasche.

»Ach, Sie sind es?«, sagte Hunkeler. »Was tun Sie hier?«

»Sie müssen mir helfen«, sagte Moor.

»Sind Sie verrückt geworden, die Haustür aufzusprengen? Das Schloss ist kaputt. So betritt man doch nicht das Haus eines Nachbarn.«

Moor war kreideweiß. Die roten Flecken auf den Wangen kamen wohl vom Wein.

»Was ist los?«, fragte Hunkeler.

»Ich gehe nicht in die Anstalt zurück. Auf keinen Fall. Und in die Untersuchungshaft gehe ich auch nicht.«

Untersuchungshaft? Hunkeler erschrak.

»Haben Sie etwas angestellt?«

Ein heftiges Zittern erfasste Moors Hände. Er legte sie um das Weinglas, um sich zu beruhigen. Aber das Zittern hörte nicht auf.

»Nein. Ich war's nicht. Ich schwöre es, bei allem, was mir lieb und heilig ist.«

Hunkeler holte ein Glas, goss sich Wein ein und nahm einen tiefen Schluck.

»Was ist denn los, zum Teufel?«

»Philipp Meierhans ist heute Morgen erschossen worden. Am Waldrand, bei der großen Eiche, wo er auf einen Überläufer gewartet hat. Mit der eigenen Flinte. Ich bin morgens um neun dort vorbeigegangen, ich mache jeden Morgen den gleichen Spaziergang. Jetzt meinen sie, ich hätte ihn getötet.«

»Und? Haben Sie ihn getötet? Vielleicht im Handgemenge, im Streit? Vielleicht hat sich ein Schuss gelöst aus der Flinte, ohne dass Sie es wollten?«

Moor hob den Blick. Gequälte, wässrige Augen, ein rötlicher Schleier über dem Weiß.

»Ich könnte nie einen Menschen umbringen. Außerdem habe ich immer einen Bogen um ihn gemacht, wenn ich ihn von Weitem sah.«

Hunkeler trank sein Glas aus. Er nahm die Flasche, steckte den Korken hinein und stellte sie auf den Boden.

»Sie sind also ein Verdächtiger. Und Sie werden gesucht. Das heißt, Sie müssen sich stellen, ob schuldig oder nicht. Ich rufe jetzt Kommissär Bardet in Mulhouse an. Ich kenne ihn, ein guter Mann. Er wird Sie holen.«

Moor griff zum Brotmesser, das auf dem Tisch lag, und sprang auf. Aber Hunkeler war schneller. Er hatte bereits die Pistole in der Hand.

»Keine Dummheiten bitte. Was sein muss, muss sein. Wenn Sie unschuldig sind, wird es sich herausstellen.«

In der Tür erschien Estelle. Sie schaute gebannt auf Moor, der in der Ecke stand.

»Hau ab«, knurrte Hunkeler.

Estelle verschwand.

»Man wird Sie ohnehin finden. Meierhans hat Ihr Haus gekauft und Sie hinausgeworfen. Sie haben also ein starkes Motiv.«

»Nein, bitte nicht«, flehte der alte Mann.

»Doch.«

Hunkeler holte sein Handy hervor und versuchte, einhändig eine Nummer einzugeben. Er legte die Pistole auf den Tisch. So ging es besser. Er sah, wie Moor blitzschnell danach griff und die Waffe auf ihn richtete.

»Zwingen Sie mich nicht«, stieß er hervor, »bitte.«

»Ach so? Ich habe gemeint, Sie könnten niemanden umbringen?«

»Mich selber schon«, sagte Moor. Er hielt sich die Pistole an die Schläfe und drückte ab. Ein trockenes Klicken war zu hören. Er sackte zusammen, halb an die Wand gelehnt.

»Das ist eine Geschichte«, sagte Hunkeler. »Herrgottsack.«

Er hob die Pistole auf, die zu Boden gefallen war. Dann zog er den alten Mann hoch und setzte ihn auf den Stuhl zurück. Er holte die Flasche und schenkte ein.

»Beruhigen Sie sich. Ich wollte nur sicher sein, ob es Ihnen ernst ist. Da, trinken Sie.«

Moor trank, er zitterte noch immer. In der Tür erschien Estelle.

»Es kommt alles in Ordnung«, sagte Hunkeler. »Das hier ist Estelle, und das ist der Kunstmaler Christian Moor.« Zu Estelle gewandt: »Du bringst jetzt Madame Lucie in den Verschlag und bindest sie an. Und sag ihr, dass sie am Abend Milch bekommt.«

Estelle nickte und verschwand.

»Ich dachte, ich sterbe«, sagte Moor.

»Jetzt passen Sie genau auf. Ich glaube Ihnen, dass Sie unschuldig sind. Aber hier im Haus kann ich Sie nicht behalten. Die Gendarmerie wird bald kommen und mich fragen, ob Sie bei mir sind. Ich werde ihnen sagen, dass Sie da waren und ein Glas Wein getrunken haben. Dass ich aber nichts weiß. Auch nicht, wo Sie hingegangen sind. Vielleicht verstecken Sie sich ja auf dem Heuboden irgendwo. Jedenfalls habe ich keine Ahnung. Und jetzt verschwinden Sie.«

Er schaute zu, wie Moor sich erhob und auf unsicheren Beinen hinausging. Dann holte Hunkeler Werkzeug und versuchte, das Schloss zu reparieren. Es war leicht, es war nichts zerbrochen. Ohnehin war klar, dass jeder, der hier hereinkommen wollte, auch hereinkommen konnte. Was Hunkeler durchaus recht war.

Sie kamen gegen fünfzehn Uhr, Commissaire François Bardet mit zwei Kriminalen, die Hunkeler nicht kannte. Sie hatten keinen Hund bei sich, wie er beruhigt feststellte.

»Was soll das, Kollege?«, fragte Bardet. »Es wird jemand erschossen, und Sie nehmen den Verdächtigen ins Haus und lassen nichts von sich hören.«

»Ich war einmal Kollege«, sagte Hunkeler, »ich bin es nicht mehr. Was man tut, ist falsch. Meldet man sich, so heißt es, man solle sich nicht einmischen. Meldet man sich nicht, wird auch reklamiert. Woher wissen Sie, dass er hier war?«

»Von einem Mann, der am Bach hinten wohnt. Er hat ihn gesehen und angerufen. Offenbar war Monsieur Moor unterwegs zu Ihnen. Sind Sie befreundet mit ihm?«

»Nein, flüchtig bekannt.«

»Quand-même, er war bei Ihnen. Wo ist er jetzt?«

»Ich weiß es nicht.«

Bardet holte ein Formular hervor.

»Das ist ein ordre de perquisition, ein Durchsuchungsbefehl. Allez-y, macht euch an die Arbeit.«

Hunkeler trat beiseite, um den beiden Kriminalen die Treppe nach oben freizugeben.

»Bitte sehr, aber er ist nicht da. Trinken Sie einen Schnaps?«

»Gern.«

Sie gingen in die Küche. Hunkeler holte aus dem Schrankboden eine Flasche mit altem Zwetschgenschnaps.

»Der Nachbar hat ihn gebrannt, aus meinen Zwetschgen. Zum Wohl.«

Sie kippten den Schnaps hinunter. Bardet steckte sich eine Zigarette an. Die ganze Sache war ihm unangenehm, sie mochten sich zu gut.

»Immer noch Kettenraucher?«, fragte Hunkeler.

»Merde, ja. Ich kriege das nicht weg. Und Sie?«

»Hin und wieder. Aber es gibt Tage, da komme ich ohne aus.«

»Was tun Sie den ganzen Tag?«

»Ich lese viel. Ich höre den Bienen zu. Ich habe eine Ziege.«

»Hunkeler wird Bauer«, grinste Bardet.

Von oben war ein Rumpeln zu hören. Offenbar hatten die Kriminalen den großen Schrank geöffnet, dessen linker Türflügel locker saß.

»Das macht nichts«, sagte Hunkeler, »die Schranktür fällt immer heraus. Übrigens, Moor ist es nicht gewesen.«

Er schenkte Bardet einen zweiten Schnaps ein.

»Danke«, sagte der Commissaire. »Und Sie?«

»Nein, einer genügt.«

Bardet kippte den zweiten Schnaps hinunter.

»Schmeckt hervorragend. Ich bin übrigens auch dieser Meinung. Trotzdem ist er verdächtig. Wir müssen ihn befragen.«

»Er war in der psychiatrischen Anstalt Friedmatt. Er hat gesagt, er gehe in keine Anstalt mehr. Auch nicht in Untersuchungshaft. Er war ein guter Maler, mit einigem Erfolg. In letzter Zeit ist er in Vergessenheit geraten. Das erträgt er schlecht.«

»So wie es vielen Künstlern geht«, sagte Bardet. »Da haben wir es besser, n'est-ce pas?«

Den Geräuschen nach waren die beiden Kriminalen jetzt auf dem Dachboden. Ein lautes Fluchen erklang, einer hatte sich wohl den Kopf angestoßen.

»Ich habe gehört«, sagte Hunkeler, »dass Meierhans mit seiner eigenen Flinte erschossen wurde. War es ein Kampf?«

Bardet schaute auf die Wiese hinaus, wo Hahn Fritz zu einem erbärmlichen Krähen ansetzte.

»Mon dieu«, sagte er, »immer noch der alte Gockel. Was sagen die Hühner dazu?«

Sie grinsten sich an.

»Es kann schon sein«, fuhr Bardet fort, »dass es ein Kampf war. Ein einziger Schuss, der die Halsschlagader traf. Nur, wer da gekämpft hat, wissen wir nicht. Immerhin hätte Moor ein Motiv.«

Jetzt waren die Schritte der Kriminalen auf der Treppe zu hören, sie erschienen in der Küchentür.

»Rien, chef«, sagte der eine. »Do isch niemer.«

»Bon«, sagte Bardet, »das war's. Wir suchen nicht weiter.«

Sie traten auf den Vorplatz hinaus.

»Haben Sie wirklich eine Ziege?«

»Ja«, sagte Hunkeler.

»Ich mag Ziegen. Meine Großmutter hatte welche. Kann ich sie sehen?«

Hunkeler öffnete die Tür zur Scheune, sie gingen hinein. Bardet schaltete eine Taschenlampe an und leuchtete in den Dämmer hinein, auf alte Ölfässer, abgefahrene Reifen, kaputte Karretten. Der Lichtstrahl traf auf den Verschlag hinten in der Ecke, wo der Kopf der Ziege zu sehen war.

»Tatsächlich«, sagte Bardet. »Une chèvre.«

Er trat hin und leuchtete den Verschlag aus. Eine Gestalt lag auf dem Stroh, in eine alte Wolldecke gehüllt. Die Gestalt schlief.

»Schau an«, sagte Bardet, »wen haben wir denn da?«

Er griff zur Heugabel, die an der Wand lehnte, und stieß die schlafende Gestalt mehrmals in die Seite.

»Ein Gast, der sich im Ziegenstall versteckt. Was sagen Sie dazu, Kollege?«

Eine Hand schälte sich aus der Wolldecke, dann eine zweite, sehr feine, schöne Hand. Das kurze Haar von Estelle erschien, ihr Kopf, ihr verschlafenes Gesicht. Sie setzte sich auf.

»Was ist los, grand-père?«, fragte sie. »Warum weckst du mich?«

»Schlaf nur weiter«, sagte Hunkeler. »Die Herren da tun dir nichts.« Und zu Bardet gewandt: »Das ist meine Enkelin Estelle. Und das Madame Lucie.«

Am Abend ging er mit einem Kessel zur Nachbarin in den Stall, um Milch für die Ziege zu holen.

»Ich habe Besuch«, sagte er. »Meine Enkelin. Sie bleibt für ein paar Tage.«

»Ich wusste gar nicht, dass Sie eine Enkelin haben. Ich habe sie am Morgen auf der Straße vorn stehen sehen. Ich habe mich gefragt, was sie sucht. Schön, une si jolie petite-fille, n'est-ce pas?«

»Ja, schon. Aber sie hat ihren eigenen Kopf. Sie wollte unbedingt eine junge Ziege haben.«

»Ach so. Und jetzt brauchen Sie Milch für das Vieh. Den eigenen Kopf hat sie übrigens nicht gestohlen. Den hat sie von ihrem Großvater.«

Sie lachte ihn an. Eine immer noch schöne Frau, wie sie da stand in ihren Stiefeln und sich mit der linken Hand kurz das graue Haar richtete. Und er dachte: Sie steht jeden Morgen und jeden Abend im Stall, jahraus, jahrein, und melkt drei Kühe, obschon ihr die Milch niemand mehr abnehmen will.

»Wird Ihnen die Arbeit nie langweilig?«, fragte er.

»Mais non, c'est ma vie. Was soll ich sonst tun? Mit den Viechern ist Leben im Haus. Sonst würde der Stall ja leer stehen.«

Sie zeigte auf seinen Kessel.

»Daraus kann sie aber nicht saufen. Sie braucht etwas, woran sie saugen kann. Warten Sie.«

Sie ging nach hinten in den Schweinestall und kam mit einem Eimer mit Saugvorrichtung zurück.

»Und?«, fragte sie, »haben sie ihn gefunden?«

Er erschrak.

»Wen?«

»Den Mann, der schon einmal da war. Den mit der roten Jacke, Monsieur Moor. Bei diesem schönen Wetter bin ich den ganzen Tag im Garten, vous savez, um Salat und Gemüse anzupflanzen. Ich habe gesehen, wie er die Haustür aufgetreten hat.«

»Nein. Ich weiß nicht einmal, ob er noch auf dem Hof ist. Sie haben nicht richtig gesucht. Sonst hätten sie einen Hund bei sich gehabt.«

»Aber dass er da war, wissen sie?«

»Ja.«

»Vermutlich versteckt er sich irgendwo auf dem Heuboden. Oder was meinen Sie?«

»Ich weiß es nicht. Jedenfalls bin ich sicher, dass er Meierhans nicht umgebracht hat.«

Sie stellte die Melkmaschine ab und leerte Milch in den Eimer.

»Sie müssen die Milch mit Wasser verdünnen. Sonst bekommt das Vieh Durchfall. Nid das Si meine, i sig bsunders curieuse. Ich bin nicht besonders neugierig. Aber mir gseht alls. Man weiß alles voneinander auf dem Dorf. Manchmal ist das angenehm, manchmal nicht. Mir isch froh, wen eppis passiert. Sonst wird es ja langweilig. N'est-ce pas?«

Er nickte. Er wusste darauf nichts zu sagen.

»Bevor ich in den Stall ging«, sagte sie, »hat meine Nichte angerufen. Ma nièce, sie wohnt in Knoeringue. Sie meint, es sei der junge Krotzer gewesen. Der ist gegen alles. Gegen die großen Traktoren, gegen den Mais, gegen die Jagd. Der habe ihm die Flinte wegnehmen wollen, und dabei habe sich ein Schuss gelöst. Si c'est vrai, weiß meine Nichte nicht.«

»Warum meldet sie es nicht der Polizei?«

»Non, das goht nid. Dann würde ja niemand mehr mit ihr reden im Dorf.«

Nach 19 Uhr saß Hunkeler mit Estelle in der Küche bei einem Risotto, den er gekocht hatte. Sie waren beide zufrieden, denn Madame Lucie hatte Milch getrunken. Anfangs hatte sie sich zwar geweigert, sie hatte sich saublöd angestellt. Sie versuchte, den Milcheimer umzustoßen, vollführte meterhohe Sprünge und wirbelte das Stroh im Verschlag durcheinander. Aber dann steckte Estelle ihr zwei Finger ins Maul, und das Tier begann plötzlich daran zu lutschen, zu saugen. Erleichtert schauten sie zu, wie es den halben Eimer austrank.

»Glaubst du, dass es jetzt reicht, grand-père?«, fragte Estelle.

»Keine Ahnung. Ich weiß nicht, wie viel so eine Ziege braucht.«

»Doch, jetzt ist es genug. Den Rest geben wir ihr morgen früh.«

Sie zog den Eimer weg. Lucie legte den Kopf schräg, ein kurzes Meckern, sie schien zu lachen.

»Jetzt ist sie zufrieden, grand-père. Und morgen gehen wir mit ihr spazieren. Du wirst sehen, sie fühlt sich wohl bei uns.«

»Meinst du nicht, sie fühlt sich ein bisschen einsam? So ganz allein, ohne andere Ziegen?«

»Mais non. Sie hat ja mich. Und sie hat dich.«

Ihr Optimismus war umwerfend. Und er war ansteckend, fand Hunkeler. Er strich der Ziege über den Kopf, wollte sie kraulen. Sie mochte das offenbar nicht. Viel lieber knabberte sie an seinem Hemdärmel.

»Hör auf, du Vieh«, schimpfte er, »mein Hemd bekommst du nicht.«

In der Küche fing Estelle sogleich an zu telefonieren. Mit drei Freundinnen, Claudine, Liliane, Ladina. Die rief sie der Reihe nach an, um zu berichten, dass Lucie getrunken hatte. Das war Hunkeler ganz recht, so konnte er sich besser auf den Risotto konzentrieren. Und auf seine Gedanken.

Warum mochte er das Mädchen so gern? Und zwar vom ersten Moment an, als er sie auf der Straße hatte stehen sehen? Waren es wirklich die Familienbande? Die Blutsverwandtschaft? Oder war es die Schönheit ihrer Jugend, die Selbstverständlichkeit, mit der sie ihn als Großvater akzeptierte? Ein bisschen wurde es ihm unheimlich. Was hatte das für Folgen für ihn, der es gewohnt war, zu tun und zu lassen, was ihm beliebte? War er jetzt plötzlich für sie verantwortlich? Und was für Viecher brachte sie ihm noch ins Haus?

Er schob diese Gedanken weg. Denn eigentlich passte ihm ihre Anwesenheit ganz gut. Jedenfalls gab er sich große Mühe, den Risotto nicht zu verkochen.

Sie telefonierte auch während des Essens. Claudine hatte zurückgerufen, wie es schien, waren noch ein paar Fragen offen.

Da hörte er, wie die Haustür geöffnet wurde, sehr leise. Und wie sie wieder zugezogen wurde. Er straffte seinen Oberkörper, die Gabel in der Hand.

Estelle erschrak. Sie schaltete ihr mobile aus.

»Was gibt's, grand-père? Ist es der Mann?«

Er nickte. Sie lauschten beide. Doch nichts war zu hören.

»Kommen Sie in die Küche, Herr Moor«, sprach Hunkeler mit lauter Stimme. »Setzen Sie sich zu uns, essen Sie mit. Der Commissaire ist längst abgezogen. So schnell wird er nicht wieder auftauchen.«

Estelle sprang auf und wollte sich durch den Hinterausgang davonmachen.

»Du bleibst da«, sagte er.

Die Küchentür ging auf, Moor kam herein. Er sah erbärmlich aus in seiner roten Jacke, an der ein paar Heuhalme klebten.

»Ziehen Sie endlich diese verdammte Jacke aus. Hier drin ist es warm genug.«

Er schob dem alten Mann einen Stuhl hin und schöpfte ihm vom Risotto. Moors Hände zitterten so, dass er kaum die Gabel halten konnte.

»Ich brauche Rotwein«, sagte er, »dringend. Vorher kann ich nichts essen. Ich brauche mindestens zwei Liter pro Tag.«

Hunkeler holte Wein und ein Glas und schenkte ein.

»Wein ist genug da, hier neben dem Schrank. Und im Keller liegt noch mehr. Zum Wohl.«

Moor führte das Glas mit beiden Händen zum Mund und trank es aus. Hunkeler schenkte nach.

»Essen Sie jetzt. Lassen Sie sich Zeit. Sie können hier schlafen, oben in der Kammer neben dem Bad. Morgen sehen wir weiter.«

Moor schob sich eine Gabel Reis in den Mund. Er kaute lange, ehe er herunterschluckte.

»Warum helfen Sie mir?«

Diese Frage überhörte Hunkeler.

»Wenn jemand kommt«, sagte er, »von der Gendarmerie oder aus Basel, dann verschwinden Sie durch den Hinterausgang. Außer wenn meine Frau kommt. Mit ihr habe ich telefoniert.«

»Sie waren doch Polizist. Sie müssten mich melden.«

»Stimmt. Aber ich habe in meinem Leben genug Leute verhaftet. Außerdem hätte ich kein Recht dazu, wir sind hier in Frankreich. Die Nachbarin weiß übrigens, dass Sie hier sind.«

Moor wollte aufspringen, doch er hielt ihn zurück.

»Bleiben Sie sitzen. Sie wird nichts sagen. Man hält nicht viel von der Polizei hier in der Gegend. Das Beste wäre allerdings, wenn Sie sich aus dem Staub machen würden. Nach Paris zum Beispiel. Haben Sie niemanden, der Ihnen hilft?«

»Nein. Sie wissen doch, dass ich nicht weit kommen würde. Glauben Sie mir denn?«

»Was heißt hier glauben?«, sagte Hunkeler. »Ich habe schon viel geglaubt und bin an der Nase herumgeführt worden. Aber ich sehe, wie Sie dran sind. Nichts als ein Häuflein Elend.«

Moors Hände zitterten jetzt weniger. Er aß mit zunehmendem Appetit.

»Das ist gut«, lobte er. »Selber gekocht?«

Hunkeler nickte. Es schmeckte tatsächlich gut. Auch Estelle aß wieder mit. Aber sie ließ den alten Mann nicht aus den Augen.

»Das ist das Schlimmste, was einem Maler passieren kann«, sagte Moor. »Dass er den eigenen Erfolg überlebt. Eigentlich hätte ich längst schon sterben müssen, lange bevor meine Frau starb. Aber das Herz will nicht aufhören zu schlagen. Es schlägt und schlägt und zwingt mich, zu leben und zu arbeiten. Auch wenn kein Hahn mehr nach mir kräht.«

Estelle zog ein Papiertaschentuch hervor und wollte es ihm geben. Doch Hunkeler schüttelte den Kopf. Sollte der Kerl ruhig ein bisschen weinen.

»Meine letzten Bilder sind nicht schlechter als die früheren. Ich finde sie sogar besser. Weil sie fundamentaler sind, nur noch aufs Wesentliche beschränkt. Aber meine Zeit war auf einmal vorbei, fast von einem Tag auf den andern. Plötzlich wollte niemand mehr ein Bild von mir haben. Man wollte meine Bilder nicht einmal mehr anschauen. Man machte sich sogar heimlich lustig über mich, das habe ich schon gemerkt. Öl auf Leinwand, wie altmodisch. Regenstimmung im Sundgau, wie belanglos, wie lächerlich. Trotzdem habe ich weitergemalt, ich habe ja nichts anderes gelernt. Ich bin heruntergegangen mit den Preisen, es hat nichts genützt. Ich hätte meine Bilder auch verschenkt, wenn sie mir nur jemand abgenommen, an eine Wand gehängt und hin und wieder angeschaut hätte. Bis ich es nicht mehr ertragen habe. Eigentlich wollte ich mich mit meinen Bildern verbrennen. Aber im entscheidenden Moment hat mir der Mut gefehlt.«

»Und das alles wollten sie Meierhans heimzahlen?«

Moor erschrak. Er schien aufzutauchen aus quälender Erinnerung, er war plötzlich auf der Hut.

»Wie? Warum?«

»Vielleicht haben Sie ihn gepackt, ihm die Flinte entrissen und ihn erschossen? Es könnte doch so gewesen sein. Oder nicht?«

Moor zog ein Taschentuch hervor und wischte sich damit über die Augen. Über den schlaffen Mund, den Stoppelbart. Er überlegte eine Weile, er schüttelte langsam den Kopf.

»Die Wahrheit ist, dass ich dem Kerl tatsächlich an den Kragen wollte. Dass ich ihn angeschrien habe, er sei ein übles Schwein. Und dass ich ihm einen Schlag auf die Flinte verpasst habe. Aber er war stärker als ich. Er hat die Flinte auf mich gerichtet und gebrüllt, ich solle sofort verschwinden, sonst würde er mir eine Ladung Blei in den Schädel jagen. Das waren seine Worte. Und ich bin in den Wald geflüchtet. So war es, das ist die lautere Wahrheit.«

»Wer weiß?« Hunkeler öffnete eine neue Flasche und schenkte auch sich ein Glas ein. »Vielleicht. Vielleicht aber auch nicht.«

»Ich ertrage es nicht«, sagte Moor, »wenn man mir nicht glaubt. Kunst beruht auf Wahrheit, auf der Suche danach. Ich habe mein ganzes Leben lang die Wahrheit darzustellen versucht. Ich habe mich bemüht, immer die Wahrheit zu sagen. Ein Künstler, der lügt, ist kein Künstler mehr, sondern ein Schmierant. Bin ich ein Schmierant?«

»Nein, ein Schmierant sind Sie nicht. Aber ziemlich betrunken.«

Von draußen war Hedwigs Auto zu hören, das auf den Vorplatz fuhr.

»Keine Angst«, sagte Hunkeler, »das ist meine Freundin. Reißen Sie sich jetzt bitte zusammen.«

Die Tür ging auf, Hedwig kam herein.

»Bist du wahnsinnig, Peter?«, schimpfte sie. »Weißt du nicht, dass der Mann gesucht wird?«

»Doch. Bardet war da. Er ist wieder abgezogen.«

»Hast du ihn versteckt?«

»Er hat sich selber versteckt. Bardet war auch der Meinung, dass er es nicht war. Setz dich und trink ein Glas mit. Er wird hier übernachten.«

Moor hatte sich erhoben und versuchte eine Verbeugung.

»Bonsoir, Madame. Sehr erfreut.«

»Setzen Sie sich, Herr Moor«, herrschte sie ihn an. »Ich mag ja Ihre Bilder gern. Aber einfach so hereinschneien, das geht nicht. Wissen Sie nicht, dass Herr Meierhans ermordet wurde? Radio Basilisk hat darüber berichtet. Und Sie werden verdächtigt.«

»Das tut mir sehr leid, Madame.«

»Warum stellen Sie sich denn nicht? Wie sehen Sie überhaupt aus? Richtig verwahrlost. Sie brauchen dringend ein Bad.«

»Was ich brauche, ist Rotwein und Schlaf.«

»Komm jetzt«, sagte Hunkeler, »setz dich. Morgen sehen wir weiter.«

»Zum Wohl, Madame«, sagte Moor. »Und vielen Dank für die Gastfreundschaft.«

Hedwig setzte sich und trank einen Schluck.

»Das ist eine Geschichte, mein Gott.«

Sie fasste Estelle ins Auge.

»Und du? Findest du es in unserer Küche nicht schrecklich?«

»Mais non«, sagte Estelle, »überhaupt nicht. Es ist richtig aufregend.«

Um Mitternacht saß Hunkeler allein in der Küche und trank mehrere Gläser Wasser. Dazu rauchte er eine Zigarette.

Er hatte den alten Moor, der schwer war wie ein Kartoffelsack, ins Bett gebracht. Er hatte ihn mühsam die Treppe hochgeschleppt und ihn gezwungen, sich auszuziehen und in ein Nachthemd zu schlüpfen. Anschließend hatte er den Küchentisch abgeräumt und die leeren Weinflaschen in die Ecke gestellt. Es waren vier, der Maler hatte sich richtig betrunken.

Als er die Zigarette heruntergeraucht hatte, erhob er sich und warf die Kippe in den Herd, wo noch eine kleine Glut glomm. Dann trat er an das offene Fenster und schaute hinaus. Der Schein der Küchenlampe fiel auf die Wiese, er reichte bis zum Kirschbaum. Daneben lag links und rechts Schwärze. Auch darüber nichts als Dunkelheit, kein Mond, kein Stern. Ein leichter Wind war zu hören, der durch das Geäst der Bäume glitt. Er kam von Westen, es würde bald regnen.

Er dachte an Hedwig. Daran, welch großes Glück er mit dieser Frau hatte. Sie hatte nur kurz geschimpft, als sie hereingekommen war. Dann hatte sie Moors Anwesenheit mit der ihr eigenen Selbstverständlichkeit akzeptiert als etwas, was in dieser Nacht nicht zu ändern war. Auch in den nächsten Tagen würde sie nicht groß dagegen opponieren. Sie vertraute darauf, dass Hunkeler schon das Richtige tat. Und früher oder später, da war er sich sicher, würde sich herausstellen, dass Moor nicht der Täter war.

Er lauschte auf weitere Geräusche der Nacht, neben dem Wind. Meist war etwas zu hören um diese Zeit. Das ferne

Aufheulen eines Motorrads. Ein Kauz, der in die Dunkelheit rief. Ein Igel, der in der Wiese nach Schnecken suchte. Nichts, es war nur der Wind, der vorbeistrich.

Auch aus dem Haus war nichts zu vernehmen. Kein Marder auf dem Dachboden, kein Knarren eines Balkens. Alles schlief.

Er trat in den Gang und wählte Lüdis Privatnummer. Lüdi war um diese Stunde meist noch wach, er erwartete den Anruf seines Geliebten, der in Paris wohnte.

»Oui, mon Joujou?«, flüsterte er.

»Ich bin nicht dein Joujou, ich bin dein ehemaliger Kollege Hunkeler.«

»Ach so, Moment.«

Er hörte, wie Lüdi eine Zigarette aus der Schachtel klopfte. Dann das Klicken eines Feuerzeugs.

»Was gibt's? Aber fass dich kurz, ich erwarte einen Anruf.«

»Gibt es Neuigkeiten über Meierhans?«

Lüdi lachte, was eher einem Meckern glich. Das war immer so bei ihm.

»Du bist nicht schlecht. Du weißt doch, dass ich nichts sagen darf.«

»Rede schon. Ich sage es bestimmt nicht weiter.«

Wieder das Meckern, zwei tiefe Züge aus der Zigarette.

»Warum willst du das wissen?«

»Weil der alte Moor bei mir ist. Und weil Bardet bei mir war. Der sucht ihn. Obschon auch er der Meinung ist, dass er es nicht war.«

»Bist du verrückt, Mensch? Was tust du dir an?«

Darauf sagte Hunkeler nichts.

»Also gut«, sagte Lüdi, »weil du es bist. Madörin hat eine heiße Spur. Sie führt nicht zu Moor. Zufrieden?«

»Halt, leg nicht auf. Wie steht es eigentlich mit Viktor Waldmeier? Weiß man etwas?«

»Offiziell weiß man nichts.«

»Und inoffiziell?«

»Man redet davon, dass er demnächst freikommt. Gegen eine Kaution von zehn Millionen Dollar.«

»Wer behauptet das?«

»Jemand, der gute Beziehungen zu New York hat.«

Hunkeler überlegte fieberhaft.

»Wenn Waldmeier freikommt«, sagte er, »so heißt das doch, dass er bereit ist, mit den Amerikanern zusammenzuarbeiten. Dass er sich schuldig bekennt und auspackt. Und dass die Volkssparkasse unter massiven Druck geraten wird. Dass sie im Extremfall vom amerikanischen Markt ausgeschlossen wird und der Konkurs droht. Dann müsste Basel-Stadt, wie verbrieft, die Staatsgarantie gewährleisten.«

Ein kurzes Meckern von Lüdi.

»Genau das«, sagte er, »hat Antoinette Oser von den Freisinnigen gestern im Großen Rat verlangt. Der Regierungsrat solle geschlossen die Erklärung abgeben, dass die Einlagen sicher sind, dass der Staat garantiert.«

»Und? Hat der Regierungsrat das getan?«

Wieder das Klicken des Feuerzeugs. Lüdi, der am Tag nie rauchte, wurde in der Nacht offenbar zum Kettenraucher.

»Noch nicht. Aber er wird es bald tun. Weil ihm nichts anderes übrigbleibt.«

»Herrgottsack.«

»Sonst noch was?«

»Nein. Gute Nacht. Und danke, mein Engel.«

Hunkeler trat ans offene Fenster und atmete tief die Nachtluft ein. Ein Rauschen war da, sachte und zart. Es war der Regen, der eingesetzt hatte. Von hinten im Tal erklang der Ruf eines Kauzes, mehrmals hintereinander. Und von ganz nah, von der Pappel herunter, gab ihm ein anderer Kauz Antwort.

Zwei Tage später hielt Hunkeler es nicht mehr aus. Der alte Moor störte ihn nicht groß. Der saß in der Küche vor einer Weinflasche und schwieg. Schlafen wollte er in der Scheune, wo ihm Hunkeler ein Bett richtete. Das passe ihm besser, sagte der Maler. Hier müsse er keine Treppe hochsteigen, und er komme sich weniger eingesperrt vor.

Estelle hingegen entpuppte sich als Nervensäge. Wohin Hunkeler auch ging, sie kam mit. Sie wollte dauernd reden mit ihm, außer wenn sie telefonierte. Zum Glück war das häufig der Fall.

Sie hatte sich in den Kopf gesetzt, spazieren zu gehen. Und zwar mit Hunkeler und der Ziege. Er winkte ab. Er mache sich doch nicht lächerlich im Dorf, eine Geiß sei kein Hund. Also ging sie allein, mit der Ziege am Strick. Nach zwei Stunden kam sie zurück, ziemlich geschafft. Madame Lucie hatte sich geweigert, weiter mitzukommen als bis zum letzten Haus. Alles Zerren hatte nichts genützt, sie hatte gebockt.

Er beschloss, für Estelle eine Stelle zu suchen. Und zwar möglichst bald. Weil sie im Service gearbeitet hatte, dachte er an die Alte Grenze. Dort war man junges Volk gewohnt, es war eine alternative Beiz.

Er setzte sich ins Auto und nahm den Weg über Knoeringue. Vor der Wirtschaft Stoller parkte er und ging hinein. Der Wirtsraum war, wie meist kurz vor Mittag, leer. Er nahm Platz am Stammtisch und bestellte Kaffee. Aus der Küche hörte er Frau Stoller hantieren.

Nach einer Weile erschien sie und setzte sich kurz zu ihm.

»Wie geht's Christian?«, fragte sie.

Hunkeler zögerte mit der Antwort.

»Soviel ich gehört habe«, sagte er, »geht es ihm nicht schlecht. Es ist wohl am besten, wenn er sich eine Zeitlang versteckt.«

»Das meine ich auch. Ein Monsieur Bardet war da, aus Mulhouse. Der hat nach ihm gefragt. Sie haben die Wohnung durchsucht und in die Scheune geschaut. Aber nicht so, als hätten sie unbedingt etwas finden wollen.«

Sie erhob sich.

»Je m'excuse, aber ich muss an die Arbeit. Bleiben Sie zum Mittagessen? Es gibt Cordon bleu.«

»Nein, tut mir leid. Bloß eine Frage noch. War jemand da aus Basel, gestern und vorgestern?«

»Ja natürlich. Wir leben von den Baslern. Die normale Kundschaft war da zum Abendessen.«

»Ich meine eher am Nachmittag. Und am Morgen.«

Sie überlegte, sie nickte.

»Vorgestern Morgen war ein älterer Mann hier. Er kommt regelmäßig vorbei, er kauft jeweils in Franken im Biohof Gemüse. Er trägt einen auffallend langen Rossschwanz. Ich vermute, er ist Koch.«

»Wann war das genau?«

»Kurz nach neun. Ob er auf der Hin- oder Rückfahrt war, weiß ich nicht. Er hat Kaffee getrunken und ist anschließend eine Stunde spazieren gegangen. Ich weiß das, weil sein Auto noch auf dem Parkplatz stand. Er spaziert jeweils über die Route Romaine.«

»Und sonst? War noch jemand hier?«

»Ja, gestern um die gleiche Zeit. Ein untersetzter, kräftiger Mann. Er hat sich, genau wie Sie jetzt, erkundigt, ob jemand da war. Ein ziemlich arroganter Kerl.«

»Und Sie haben ihm vom Mann mit dem Rossschwanz erzählt?«

»Ja natürlich. Ich habe nichts Böses dabei gedacht. War es falsch?«

»Nein, ich glaube nicht. Was hatte er für ein Auto?«

»Normalerweise achte ich nicht darauf bei meinen Gästen. Aber bei ihm habe ich nachgeschaut. Es war ein roter Fiat. Schade, dass Sie nicht zum Essen bleiben können. Nachher hätte ich mehr Zeit.«

Sie zögerte, sie hatte noch etwas auf dem Herzen.

»Ich würde Christian gern einen lieben Gruß ausrichten. Wenn Sie ihn zufälligerweise sehen.«

»Das könnte schon sein, wer weiß?«

Er fuhr weiter über die hohe Straße Richtung Rhein. Der Himmel war dunkel verhangen, schwere Tropfen prasselten auf die Windschutzscheibe. Vom Schwarzwald und vom Jura war nichts zu sehen. Nur die Lichter des Flughafens in der Ebene unten leuchteten durch die Wasserschleier.

Offenbar, überlegte er, war vorgestern Donnerstag Paul Egloff, der alte Anarchist, in Knoeringue eingekehrt. Das traf sich gut, denn ihn wollte er fragen wegen einer Stelle für Estelle. Der untersetzte, kräftige Mann musste Madörin sein, der fuhr einen roten Fiat. Er war wohl wieder einmal auf einer heißen Fährte.

Hunkeler grinste. Diesem Madörin war einfach nicht zu helfen. Er wollte ihm auch nicht helfen. Sollte er doch auf der Jagd nach einer Verschwörung wieder einmal in eine Sackgasse rennen. Was ging ihn, Hunkeler, das an?

Er schaute angestrengt auf die Fahrbahn, über die Wasser floss. Moor-Wetter, fiel ihm ein. Der Maler würde jetzt auf seiner Palette die Grautöne mischen. Dunkel und hell in feinen Nuancen abstufen, so wie er es ein Leben lang getan hatte. Wenn er denn noch malen würde. Aber wie soll man weitermalen, wenn man alles verliert, Frau und Haus und Kunden, welche die Bilder begutachten und vielleicht eines kaufen? Da bleibt nur noch das Feuer, das alle Grautöne wegfrisst.

Er fuhr nach wie vor im zweiten Gang. Nicht nur der glitschigen Fahrbahn wegen. Er musste sich erst beruhigen, bevor er klar denken konnte. Die letzten Tage waren überaus nervös verlaufen. Erst Estelle, dann die Ziege, dann Moor. Am besten hätte er wohl alle drei weggeschickt. Er war es nicht mehr gewohnt, mit jemandem zusammenzuleben. Außer mit Hedwig natürlich. Aber das war etwas anderes.

Er dachte an das Telefongespräch gestern Abend mit Lüdi. Das war ihm in die Knochen gefahren. Die Amerikaner waren offensichtlich dabei, die einstmals stolze Schweizerische Eidgenossenschaft in die Knie zu zwingen. Und dies, ohne einen einzigen Schuss abzufeuern.

In seiner Jugend, dachte Hunkeler, waren die Schweizer stolz gewesen auf ihr Land. Man sprach vom freien Schweizer und meinte sich selbst. Man war stolz darauf, dass man den Flüchtlingen Asyl gewährte. Man war auch stolz auf die Banken. Denn in ihnen lag das Geld unschuldig Verfolgter in sicherer Verwahrung. Ein Stück vom Freiheitskämpfer Wilhelm Tell steckte in jedem Eidgenossen und jeder Eidgenossin.

Heutzutage musste man sich fast schämen, Schweizer zu sein. Die Flüchtlingspolitik im Zweiten Weltkrieg erwies sich im Nachhinein als rassistisch. Die einst angesehenen Banken mussten gigantische Geldstrafen bezahlen. Die Banker mussten sich wie in stalinistischen Schauprozessen vor amerikanischen Gerichten schuldig bekennen.

War es überhaupt noch gestattet, ein freier Schweizer zu sein? Oder war es verboten, mitten in Europa in einem kleinen, souveränen Land zu leben, das sich seine Gesetze selber gab?

Es war das Schicksal der Schweiz, dachte er, verschont worden zu sein. Das war schon im Dreißigjährigen Krieg, vor fast vierhundert Jahren, so gewesen, als im Elsass die Dörfer brannten. Damals hatten die Schweizer das Feuer im Elsass gesehen, was im Schweizerdeutschen zur festen Redewendung wurde. Das war im Ersten Weltkrieg so, als sich am Hartmannsweilerkopf in den Südvogesen 30 000 deutsche und französische Soldaten gegenseitig totschossen. Und zuletzt im Zweiten Weltkrieg, als im Konzentrationslager Struthof westlich von Straßburg 22 000 Menschen verhungerten oder bestialisch ermordet wurden. Vor den Toren der friedlichen Stadt Basel.

Man redete sich ein, dass man nur deshalb verschont wurde, weil man besonders tüchtig und schlau war. Dass zum Verschontwerden immer auch eine Schuld gehört, die Schuld nämlich, nicht mitzuleiden, sondern vom Leiden der anderen zu profitieren, diese Wahrheit erkannten zwar einige kluge Köpfe und sprachen sie auch aus. Aber niemand wollte das hören. Man nahm erst mit ungläubigem Staunen, dann mit wachsendem Wohlwollen zur Kenntnis, dass einige der einheimischen Banken ins Maßlose wuchsen und Geld aus der ganzen Welt in ungeheuren Mengen aufnahmen. Das konnte nicht schlecht sein, denn es waren ja eidgenössische Banken. Eidgenössisch hieß: in Treu und Glauben. Der Nimbus der alten Volksversammlungen, in denen die Männer unter freiem Himmel zusammenstanden und mit Handmehr darüber abstimmten, welches Gesetz galt und welches nicht, umgab auch die vom Volk abgeschirmten Banktresore, in denen Geld jeglicher Herkunft versteckt und gewinnbringend angelegt wurde. Das ging eine Zeitlang gut. Die tüchtigen, schlauen und kreuzbraven Schweizer schwärmten mit gefüllten Geldbeuteln aus über die ganze Welt und legten sich an den schönsten Stränden unter die Palmen.

Bis die Daten dieser Tresore geknackt und die Banken als Hehler entlarvt wurden. Damit war es aus mit dem Verschontsein, die Schuld holte die Verschonten ein. Die Schweiz verlor ihre Sonderstellung und wurde zu einem gewöhnlichen Land, wie die anderen Länder auch: ein keineswegs von edler Gesinnung geprägter Idealstaat, sondern eine hart und bauernschlau um den eigenen Vorteil kämpfende Interessengemeinschaft.

Dies waren die bitterbösen Gedanken des ehemaligen Basler Kriminalkommissärs Peter Hunkeler, als er bei scheußlichem Regenwetter den alten Garnisonsort Huningue erreichte. Er rollte über den Hauptplatz, auf dem früher Napoleons Soldaten paradiert hatten. Hierher hatten die Franzosen im Jahre 1798, als sie die alte, stolze Stadt Bern besetzten, den bernischen Staatsschatz gebracht, den sie aus den Kellern der Patrizier geholt hatten. Fünf schwere, vierspännige Pferdewagen waren dafür nötig gewesen, wie Hunkeler einmal gelesen hatte, so schwer wogen Silber und Gold. Was ihn immer noch mit heimlicher Schadenfreude erfüllte. Denn er war nicht nur Schweizer, sondern auch Aargauer. Und der Teil des Aargaus, in dem er aufgewachsen war, war jahrhundertelang Untertanenland der gnädigen Herren von Bern gewesen.

Er parkte am Rhein und betrat die Fußgängerbrücke, die ins deutsche Weil hinüberführte. Er ging unter seinem Regenschirm bis in die Mitte, dort blieb er stehen. Der Fluss führte Hochwasser, wie meist im April. Braune Wogen, die sich nordwärts hinunterdrängten Richtung Meer. Links sah man die Silotürme des Rheinhafens, rechts die Dorfkirche von Huningue. Dahinter die Hochhäuser der Basler Chemie. Von der alten Stadt mit ihren Kirchtürmen war nichts zu erkennen, der Regen fiel zu dicht.

Er kehrte um und ging flussabwärts zum Campingplatz, von dem ihm Paul Egloff erzählt hatte. Drei Dutzend Wohnwagen standen da, die meisten mit Vordächern, Campingtischchen und Plastikblumen. Unter einem der Vordächer saß eine Frau. Offenbar lauschte sie dem Trommeln des Regens.

»Kommen Sie nur näher«, sagte sie. »Nur keine Angst. Ich beiße nicht. Setzen Sie sich, leisten Sie mir ein bisschen Gesellschaft.«

Er ging hin und setzte sich. Sie musste einiges über siebzig sein. Ihr Haar war rosa gefärbt. Sie trug einen Wintermantel.

»Kaffee kann ich Ihnen leider nicht anbieten, die Gasflasche ist leer. Ich friere den ganzen Tag. Auch in der Nacht. Hier sind Kekse, greifen Sie zu. Ich nehme an, meinen Namen wollen Sie nicht wissen. Der spielt auch keine Rolle. Ich verbringe hier meinen Lebensabend, falls es Sie interessiert.«

Sie versuchte zu lachen. Er schob sich einen Keks in den Mund.

»Warum so schüchtern, junger Mann? Im Wagen drin sind noch mehr. Erzählen Sie mir eine Geschichte. Etwas von Lust und Abenteuer. Ich höre fürs Leben gern zu. Von einem Seemann, den das Meer verschlang. Von einem Schiffer, den eine Nixe hinunterzog ins kühle Grab. Aber bitte nichts als die lautere Wahrheit. Und kein Happy End, Happy Ends sind gelogen. Oder meinen Sie nicht?«

Sie hatte ihn noch keine Sekunde aus dem Blick gelassen, seit er sich gesetzt hatte. Ihre Augen folgten jeder seiner Bewegungen.

»Und die Dame?«, fragte sie, als er sich eine Zigarette zwischen die Lippen schob.

»Entschuldigung, Madame«, sagte er. »Ladies first.«

Er bot ihr eine an und hielt ihr die Flamme des Feuerzeugs hin.

»Thank you, Sir«, sagte sie.

Von draußen auf dem Fluss war der Motor eines Schiffes zu hören, das sich rheinaufwärts schob. Etwas später klatschten die Wellen gegen das Ufer.

»Das ist ein Tanker«, erklärte sie. »Vermutlich der ›Tristan‹, unter holländischer Flagge. Der fährt bis nach Schweizerhalle hinauf. Dort wird er gelöscht. Das geht ruckzuck heutzutage. Gegen Abend fährt er wieder flussabwärts. Diesmal leiser, weil er auf Leerfahrt ist. Wenn Sie mögen, können wir zusammen warten, bis wir ihn wieder hören.«

Sie lächelte ihn an. Dann warf sie die Zigarette in den Regen hinaus.

»Aber natürlich wollen Sie nicht. Weil es Ihnen zu langweilig ist. Sie sollten einmal im Sommer herkommen, an einem heißen Abend, wenn die Basler da sind. Am kühlen Fluss, weil man in der heißen Stadt nicht schlafen kann. Dann ist hier Party.«

Sie schaute ihn auffordernd an.

»Früher kannte ich alle, die vorbeifuhren. Ich bin selber gefahren, vierzig Jahre lang. Ich habe die Bäcker und Metzger gekannt, die am Kahn anlegten. Die Hafenkneipen. Auch die schönen Hafenmädchen, ich war selber eins von ihnen.«

Sie nahm den Blick weg von ihm und schaute zu den Erlen hinüber.

»Ich nehme an, Sie kommen wegen Egloff.«

Er erschrak, aber er blieb ganz ruhig.

»Warum nehmen Sie das an?«

»Weil er gestern Abend verhaftet worden ist. In der Alten Grenze in Basel. Haben Sie das nicht gewusst?«

Nein, das hatte er nicht gewusst.

»Helga Seiler, die Wirtin der Alten Grenze, war heute früh hier. Sie hat es mir erzählt. Wegen Mordverdachts verhaftet. So etwas Dummes. Als ob Paul einer Fliege etwas zuleide tun könnte. Helga hat aus Pauls Wagen ein paar Sachen geholt.«

»Was zum Beispiel?«

»Bücher, Schriften, solche Dinge. Ich verstehe nichts davon. Und kurz danach ist tatsächlich Monsieur Wirz von der Gendarmerie St. Louis aufgetaucht, mit zwei Männern, die ich nicht kannte. Sie haben Pauls Wagen durchsucht und anschließend versiegelt. Auch so eine Idiotie. Als ob man die Tür nicht ohne weiteres aufbrechen könnte. Dort drüben steht der Wagen, unter den Erlen.«

Sie hob die Hand, so dass ihr magerer Arm zum Vorschein kam.

»Der arme Kerl dauert mich. Ich mag ihn, obschon er einen widerlichen Zopf hat. Richtig verfilzt, da hat kein Kamm eine Chance. Ich glaube, den hat er seit zehn Jahren nicht mehr gewaschen. Aber so ist er, der Paul. Wenn er sich für etwas entschieden hat, zieht er es durch. Er sagt, Anarchie sei heutzutage die einzige Chance, dass die Welt nicht kaputtgeht. Das globale elektronische System führe direkt in die Katastrophe, weil es der lebendigen Natur grundsätzlich widerspreche. Die lebendige Natur produziere Leben, die Elektronik produziere Zerstörung und Tod. Ich weiß diese Sätze noch, weil sie mir Eindruck gemacht haben. Er kann es gut erklären. Er sagt, das sei der Grund, weshalb er keine Rechnungen bezahle, die von der Stadt oder vom Staat ausgestellt sind. Weil er das System ablehnt. Das Nichtbezahlen des Systems, das die Welt kaputtmacht, sagt er, sei die einzige Möglichkeit, das System selber kaputtzumachen. Das ist auch ein Satz, der mir geblieben ist. So ist er, richtig konsequent. Aber ein Mörder ist er bestimmt nicht. Er hat mir immer eine neue Gasflasche geholt, wenn die alte leer war. Er hat sie bezahlt, er weiß, dass ich kein Geld habe. Jetzt hoffe ich, dass er bald wieder hier ist. Dann kann ich Ihnen das nächstes Mal vielleicht einen Kaffee anbieten. Sie besuchen mich doch wieder, Monsieur?«

Er erhob sich.

»Danke, Madame. Sie haben mir sehr geholfen.«

Sie versuchte ein schelmisches Lächeln.

»Womit denn, Monsieur?«

Als er den Campingplatz verließ, sah er drüben unter den Platanen ein rotes Auto stehen. Es kam ihm bekannt vor, fast altvertraut. Er wandte sogleich den Blick ab und ging weiter, ohne den Schritt zu verlangsamen. Dann schaute er noch einmal hinüber. Das Auto war hinter zwei Bäumen geparkt, so dass es fast nicht zu sehen war. Es war ein Fiat. Und es trug ein Basler Nummernschild.

Hunkeler zog den Schirm dicht über den Kopf und ging schnell weiter, um der Nässe zu entkommen. Vorne an der Ecke bog er ab Richtung Hauptplatz. Dort kannte er eine gute Bäckerei, die auch Käse verkaufte. Er hatte vor, eine Baguette und einen Camembert zu kaufen. Denn eine Baguette, belegt mit reifem Camembert, war ein Genuss.

Madörin, dieser Hund, dachte er, als er die Bäckerei verließ. Egloffs Verhaftung war garantiert seine Idee gewesen. Offenbar hatte er im Fall Meierhans eine Täterschaft im Visier, die Anarchisten.

Was hatte der Kerl überhaupt in Frankreich verloren? Nichts, gar nichts. Die Untersuchung von Egloffs Wohnwagen gehörte zum Aufgabenbereich der Gendarmerie St. Louis. Und Philipp Meierhans war ein Fall für Commissaire Bardet aus Mulhouse.

Nur hatte Hunkeler selbst auch nichts verloren auf dem Campingplatz Huningue. Die Polizeicorps auf beiden Seiten der Grenze reagierten allergisch auf unbefugte Einmischung der jeweils anderen Seite. Man beschwor zwar immer wieder die gute, grenzüberschreitende Zusammenarbeit. Aber wenn herauskam, dass ein ehemaliger Basler Kommissär auf einem grenznahen französischen Campingplatz herumschnüffelte, würden in St. Louis und Mulhouse die Alarmlampen aufleuchten. Und dies, obschon er Paul Egloff bloß hatte fragen wollen, ob es in der Alten Grenze eine Arbeit für Estelle gab.

Am besten wäre er wohl gleich zurückgefahren in sein Haus, um mit Madame Lucie ein bisschen spazieren zu gehen.

Aber er ging zurück durch den Regen Richtung Rhein, unter das straff gespannte Tuch des Schirms geduckt, von dem die Tropfen abperlten. Er hielt sich unter den Platanen und überquerte dann schnell die Straße zum ersten Wohnwagen hinüber. Hier wartete er, ob er etwas hörte. Nichts war zu vernehmen außer dem Trommeln des Regens. Nach einer Weile schaute er um die Ecke. Links, drei Wohnwagen weiter, sah er Madörin. Kaum erkennbar stand er unter einem Vordach, reglos den Blick auf die Erlen am Rheinufer gerichtet.

Tatsächlich, der Kerl observierte Egloffs Wohnwagen. In

den Händen hatte er einen Feldstecher, den er kurz vor die Augen hob. Aber dort drüben unter den Erlen regte sich nichts.

Hunkeler zog sich zurück und ging schnell zu seinem Auto. Er betätigte den Anlasser nur kurz und fuhr fast geräuschlos an. Als er über den Hauptplatz von Huningue rollte, atmete er auf. Er war sich ziemlich sicher, dass Madörin ihn entdeckt hatte, als er bei der alten Frau saß. Aber er war sich auch sicher, dass Madörin nicht wusste, dass er selbst von Hunkeler gesehen worden war.

Er fuhr durch das Areal der Chemie, die einige Anlagen hierher ins EU-Land Frankreich verlagert hatte. Nach der Grenze fädelte er sich ein in den Ringverkehr, der nur stockend vorankam. Denn in Basel wurde gebaut, an jeder Abzweigung, vor jeder Ampel.

Bei der Burgfelderstraße bog er rechts ab und parkte. Hier stand die Wirtschaft zur Alten Grenze. Ein mächtiges Gebäude mit Granitblöcken als Fundament, einst eine beliebte Eckkneipe mit Tanz am Samstagabend. Später, als in jeder Wohnung ein Fernseher stand, heruntergekommen zur Säuferbeiz. Dann, in den Achtzigern, zur Genossenschaftskneipe geworden. Hunkeler verkehrte oft hier. Er mochte Helga Seiler, die Wirtin. Und er liebte das einfache Essen, das serviert wurde.

Heute war Ruhetag, wie auf einem Schild zu lesen war. Weil drinnen Licht brannte, ging er trotzdem hinein. Die Wirtschaft war leer. Nur Helga Seiler saß am Stammtisch.

»Bist du auch von diesem Verein?«, schimpfte sie. »Spinnt ihr eigentlich alle?«

»Warum?«, fragte er. »Ist die Polizei hier?«

»Da hinten sind sie, im Büro. Sie durchsuchen alles. Ich selber darf nicht mehr hinein.«

Hunkeler legte Baguette und Camembert auf den Tisch und ging nach hinten in den Gang. Dort stand Polizeimann Schaub vor einer Tür.

»Sie hier, Herr Kommissär? Ich habe gemeint, Sie seien in Rente.«

»Bin ich auch. Ich bin rein zufällig hier. Und ich frage mich, ob ihr alle vom Affen gebissen seid.«

»Sagen Sie das nicht, Herr Kommissär. Es gibt Indizien, die den Koch dieses Lokals schwer belasten. Möglicherweise ist das hier ein konspiratives Nest. Das meint jedenfalls Madörin. Wir tun nur unsere Pflicht.«

»Was für Indizien?«

Schaub trat nahe an Hunkeler heran, er flüsterte.

»Der Koch Paul Egloff ist vorgestern in Knoeringue gesichtet worden. Und zwar zur Zeit, als Philipp Meierhans ermordet wurde.«

»Was reden Sie für Unsinn? Es ist überhaupt nicht klar, ob es Mord war oder Totschlag. Oder ein Unfall.«

Das verunsicherte Schaub. Hunkeler war für ihn immer noch eine Respektsperson.

»Es gibt weitere Indizien.«

»Zum Beispiel?«

»Die Schriften, die Egloff gelesen und selber geschrieben hat. Er ruft zum gewaltsamen Widerstand gegen die Banken auf. Das geht doch nicht. Wir haben doch alle unser Geld auf der Bank. So einer ist eine Gefahr für die Gesellschaft.«

»Gut, Polizist Schaub«, sagte Hunkeler knapp und scharf. »Danke für die Meldung. Tun Sie Ihren Dienst weiter.«

»Jawohl, Herr Kommissär.«

Hunkeler ging in den Wirtsraum zurück, setzte sich zu Helga und brach ein Stück von der Baguette ab.

»Ein Glas Weißen bitte. Und ein Messer für den Käse.«

»Mir ist nicht nach Späßen«, sagte Helga.

»Ich spaße nicht. Ich habe Hunger und will mit dir essen.«

Er zwinkerte ihr zu. Sie holte Wein und zwei Gläser. Er biss ins frische Brot, dass es krachte.

»Herrlich. Eine Baguette hat ein Leben von einem halben Tag. So lange bleibt sie knusprig. Danach ist sie Schweinefutter. Also los, greifen wir zu.«

Sie ließ sich anstecken von ihm, sie aß mit.

»Übrigens wollte ich fragen«, sagte er, »ob du vielleicht Arbeit für meine Enkelin hast. Sie ist achtzehnjährig und aufgeweckt. Sie hat Erfahrung im Service.«

»Das kann schon sein. Wenn dieser Alptraum hier vorbei ist. Ich müsste sie mir einmal ansehen.«

Hinter der Theke erschien Polizeimann Schaub und schaute zu, wie sie aßen.

»Es tut mir leid, Schaub«, sagte Hunkeler. »Es schmeckt ausgezeichnet. Ich würde Sie gern zu uns an den Tisch einladen. Aber Sie wissen ja, wie das ist.«

»Ich bin im Dienst, Chef. Trotzdem danke.«

Schaub zog sich wieder in den Gang zurück.

»Wie war das mit Egloff und Knoeringue?«, fragte Hunkeler leise.

»Er wollte vorgestern am Morgen im Biohof in Franken

Gemüse holen. Er hat mein Auto genommen. Im Biohof war niemand zu Hause. Also ist er zurückgefahren und hat in Knoeringue Kaffee getrunken. Anschließend ist er auf der Römerstraße noch ein bisschen spazieren gegangen. Das ist alles.«

»Und was ist mit diesen Schriften?«

»Er hat in einer Zeitschrift, die in Deutschland erscheint, einige Artikel veröffentlicht. Er hat sie mir zum Lesen gegeben. Es liest sich gut, eine schöne Theorie zur Rettung der Welt. Aber kein Aufruf zu Gewalt.«

»Vielleicht ist er doch zur Praxis geschritten. Meierhans war ein wichtiger Banker. Und Banker sind für Anarchisten der Inbegriff des Bösen.«

»Ach was. Das ist eine kleine Gruppe versprengter Idealisten.«

Hunkeler hätte gern weitergefragt. Aber da ging die Tür auf, herein kam Madörin. Er überblickte kurz den Wirtsraum, mit prüfendem Auge. Dann trat er an den Stammtisch und stellte sich in Positur, breitbeinig, Schultern und Kinn leicht vorgereckt.

»Was tust du hier?«

»Essen, wie du siehst. Leider ist fast nichts mehr übrig. Sonst würde ich dich gerne einladen.«

»Unbefugtes Betreten eines abgesperrten Raumes, Behinderung der kriminaltechnischen Abteilung bei der Arbeit, Einmischung in ein laufendes Verfahren. Willst du noch mehr hören?«

»Stimmt nicht. Die Tür war nicht zugesperrt. Die kriminaltechnische Abteilung ist immer noch im Büro hinten an der Arbeit. Und ich mische mich nicht ein.«

»Warum bist du denn hier?«

»Aus rein privaten Gründen. Ich suche eine Stelle für meine Enkelin.«

»Seit wann hast du eine Enkelin?«

»Seit gut 18 Jahren. Sie wird hier im Service arbeiten.«

»Stimmt«, sagte Helga Seiler, »ich stelle sie ein. Darf ich Ihnen einen Kaffee anbieten?«

Hunkeler schob ihm einen Stuhl hin.

»Setz dich und ruhe dich ein bisschen aus. Wir sind doch alte Kollegen. Und meist haben wir gut zusammengearbeitet. Oder nicht?«

»Meinetwegen«, sagte Madörin und nahm Platz.

»Wie geht's?«, fragte Hunkeler munter. »Wie laufen die Geschäfte?«

Madörin schüttelte traurig den Kopf, er war geschafft. Offenbar hatte er wenig geschlafen in den vergangenen Nächten.

»Ich weiß nicht, was mit dir los ist, Kollege«, sagte er und rührte drei Zucker in den Kaffee. »Warum lernst du es nie? Du könntest es doch schön haben in deinem Haus im Elsass, du hast es dir verdient. Stattdessen kümmerst du dich dauernd um Dinge, die dich nichts angehen. Du weißt doch, dass das nicht gestattet ist.«

Wieder schüttelte er den Kopf, langsam und desillusioniert.

»Ich habe viel von dir gelernt. Und im Grunde mag ich dich immer noch gern. Aber man muss auch einmal loslassen können. Ich frage mich, warum du das nicht kannst.«

Er schlürfte vom Kaffee. Dann trank er die Tasse aus.

»Es liegt eine Meldung der Gendarmerie St. Louis vor, dass

du dich heute Mittag auf dem Campingplatz von Huningue herumgetrieben hast. Beim Wohnwagen von Egloff.«

»Ach so? Wer hat dich angerufen?«

Ein kurzer, scharfer Dackelblick. Dann senkte Madörin die Augen.

»Gendarme Wirz.«

»Ach der? Dann wird es wohl so gewesen sein.«

»Ist das alles, was du zu sagen hast? Du weißt, dass ich es melden muss. Die Gendarmerie wird sich aufs schärfste beschweren.«

»Warten wir doch einmal ab, was Wirz zu berichten weiß.«

Wieder der Dackelblick, giftig, aber nicht mehr so sicher.

»Was willst du abwarten?«

»Es stimmt, dass ich dort war. Aber nicht wegen der Verhaftung von Egloff. Davon habe ich noch gar nichts gewusst. Ich habe es erst von der alten Frau erfahren. Hingegen ist mir beim Weggehen dein Auto unter den Platanen aufgefallen. Und als ich nachgeschaut hab, habe ich dich unter einem Vordach stehen sehen, mit dem Feldstecher in der Hand. Ein Basler Kommissär observiert in Huningue, ohne dass die Gendarmerie davon weiß. Was ist denn das, Kollege?«

Madörin verlor jede Farbe im Gesicht. Reglos saß er da, bis er sich abrupt erhob und grußlos hinausging.

»Das geht ja zu und her«, sagte Helga Seiler, »schlimmer als im Kindergarten.«

»Der kann mich mal«, sagte Hunkeler. »Eins zu null für mich. Zum Wohl.«

Er fuhr zu seiner Wohnung in der Mittleren Straße und parkte. Der Regen hatte aufgehört, der Asphalt glänzte im Sonnenlicht. Die Glyzinien, die am Nebenhaus bis zum Dach hinauf wuchsen, waren in voller Blüte. Ein betörender Duft, der ihn an Italien erinnerte.

Er beschloss, dem Flohmarkt auf dem Petersplatz einen Besuch abzustatten. Er fühlte sich gut, wie seit langem nicht mehr. Diesem Mistkerl hatte er es wieder einmal gezeigt, diesem miesen, hinterhältigen Dackel. Der hatte geglaubt, er könne ihn in die Pfanne hauen mit seiner Lüge vom Gendarme Wirz. Aber nicht mit ihm, nicht mit Hunkeler. Er war immer noch der Chef im Ring.

Er ging durch die von Kastanienbäumen bestandene Bernoullistraße, am Gebäude der Universitätsbibliothek vorbei. Links lagen die gepflegten Gärten alter Bürgerhäuser. Der Flohmarkt auf dem Petersplatz war noch in vollem Gange, der nachmittägliche Sonnenschein hatte Kundschaft herangelockt. Marktstand an Marktstand im Geviert, alte Kleider, Babysachen, Schellackplatten. Der Duft von Käsekuchen, Bratwürsten, gebrannten Mandeln. Darüber das Geäst der Ulmen. Junges Volk promenierte zwischen den Ständen, prüfte die Ware, fragte nach dem Preis. Männer aus Nordafrika, Frauen aus dem Balkan und aus Anatolien, die trotz mangelnder Deutschkenntnis hartnäckig feilschten.

An der Ecke zum Universitätseingang stand ein Kastenwagen mit Elsässer Nummer, dessen eine Seite als Verkaufsfläche heruntergeklappt war. Darauf lagen alte Musikdosen. Im Innern des Wagens waren auf Regalen Nippsachen ausgestellt. Vor dem Wagen saß ein Mann von fünfzig Jahren an einem Campingtischchen und trank Tee aus einer kleinen Tasse. Hunkeler starrte ihn an.

»Was ist los Monsieur?«, fragte der Mann. »Was schauen Sie so? Sind Sie von der Polizei?«

»Nein«, sagte Hunkeler. »Aber ich habe eine Frage. Woher kommen Sie?«

»Aus Marokko. Warum? Kennen wir uns?«

Hunkeler kam sich jetzt ziemlich blöd vor. Am liebsten hätte er die Flucht ergriffen. Aber dazu war es zu spät.

»Nein. Ich frage mich, woher Sie all diese schönen Sachen haben. Wo haben Sie so gut Deutsch gelernt?«

»Ich habe einige Jahre in Berlin gelebt. Im Moment wohne ich im Elsass. Aber was geht Sie das an?«

Hunkeler nahm eine der Musikdosen in die Hand.

»Sehr schön ist die. Was spielt sie für eine Melodie?«

Der Mann setzte die Musikdose in Gang. Es erklang, zart hingetupft, ein Musette-Walzer.

»Die nehme ich. Was kostet sie?«

Der Preis war unverschämt hoch, wie Hunkeler fand. Aber er bezahlte, ohne zu zögern. Der Mann schob die Musikdose in eine Plastiktüte und gab ihm ein Kärtchen mit der Adresse. Mustafa Barikla, Les Prés, tatsächlich.

»Falls etwas kaputtgeht«, sagte er, »ich kann sie reparieren.«

»Danke vielmals. Und weiterhin gute Geschäfte.«

Hunkeler wollte sich davonmachen, möglichst schnell.

»Das wäre aber sehr unhöflich von Ihnen, Monsieur, zu gehen, ohne Tee mit mir zu trinken. Bitte setzen Sie sich. Wir machen es wie im Basar.«

Hunkeler setzte sich auf einen Klappstuhl, der beinahe zusammenbrach unter seinem Gewicht, und schaute zu, wie der Mann Tee einschenkte.

»Ich verkaufe übrigens auch Ziegenkäse aus den Vogesen. Allerbeste Bio-Qualität. Wollen Sie probieren?«

»Danke nein. Aber packen Sie mir vier Stück ein.«

»Sehr gern. Zum Wohl. Auf ein langes, sorgenfreies Leben.«

Hunkeler trank seine Tasse leer. Es war stark gesüßter Pfefferminztee.

»Irgendwie kommen Sie mir bekannt vor«, sagte der Mann. »Sollten wir uns nicht kennen?«

»Woher denn? Ich glaube nicht, nein.«

Er wollte sich erheben. Da sah er eine junge, zierliche Frau vorbeigehen. Sie trug ein blaues Kopftuch. Sie schaute ihn kurz an, aus grünlich grauen Augen. Er kannte diese Augen, er würde sie nie vergessen. Er sah, dass auch sie ihn erkannte. Sie ging sehr schnell weiter.

»Halt, Fräulein«, rief er. »Bleiben Sie stehen. Ich muss mit Ihnen reden.«

Er versuchte, sich hochzustemmen. Er fiel beinahe hin.

»Warten Sie, Mademoiselle«, rief er, »ich bitte Sie.«

Er war nicht schnell genug. Er schaute ihr nach, wie sie zwischen den Leuten verschwand.

»Ist Ihnen nicht gut?«, fragte der Mann. »Sie sind plötzlich so blass.«

»Doch, doch, mit mir ist alles in Ordnung.«

Er packte die Plastiktüte und wollte losrennen. Ließ es bleiben. Er wusste, dass sie verschwunden war.

»Trinken Sie noch eine Tasse Tee«, bat der Mann und

nahm ihn am Arm. »Sie haben nicht zufälligerweise ein Haus im Elsass?«

»Vielleicht habe ich das«, knurrte Hunkeler. »Wir sprechen uns noch.«

Er ging zurück durch die Mittlere Straße. Er wanderte wie durch einen Traum, so unwirklich erschien ihm seine Umgebung. Eine gewöhnliche Vorortstraße, vor über hundert Jahren gebaut, schnurgerade Richtung Kannenfeldpark und Elsass gezogen. Eine bevorzugte Wohnlage, ruhig, und doch war man in zehn Minuten zu Fuß auf dem Marktplatz. Er kannte einige seiner Nachbarn, allerdings nur vom Sehen. Er grüßte sie höflich, wenn er ihnen begegnete. Doch richtig heimisch fühlte er sich hier immer noch nicht. Es fehlten ihm die Bäume, die Landschaft, die weite Sicht.

Jetzt aber kam ihm diese altbekannte Wirklichkeit als durchsichtige Folie vor, hinter der ein anderes Bild erschien, bloß schemenhaft zwar, doch von unausweichlicher Eindringlichkeit. Die junge Frau, die reglos das Gesicht des nach Luft ringenden, sterbenden Stephan Fankhauser beobachtete. Er versuchte, dieses Bild wegzuwischen, wegzudrängen. Sich zu konzentrieren auf das Trottoir, über das er ging. Auf die rostigen Gitterstäbe des Gartenzauns rechter Hand, hinter dem sich ein kleiner, verwilderter Park auftat und die Sicht auf ein weißes Haus freigab. Es war die einzige Stelle in der Mittleren Straße, die nicht zugebaut war. Er roch den Duft von feuchtem Gras. Und er fragte sich, wer in diesem Haus wohnte.

Er spürte leichten Schwindel. Er griff mit beiden Händen nach den Gitterstäben, um nicht hinzufallen. Er fühlte den Puls in der Kehle. Der ging rasend schnell, obschon er sich in keiner Weise überanstrengt hatte. Er atmete tief ein, er atmete behutsam wieder aus.

Er ging sehr langsam weiter. Wie eine Marionette, fiel ihm ein, die an Fäden hing, von fremder, unsichtbarer Hand gelenkt. Er versuchte, festen Tritt zu fassen, sich zu erden auf dem Asphalt unter seinen Füßen.

Als er den Duft der Glyzinien roch, der von betörender Wirklichkeit war, fühlte er sich besser. Er setzte sich auf die niedere Mauer vor dem Augenspital und wischte sich mit dem Taschentuch das schweißnasse Gesicht trocken. Was war das gewesen, was ihn da heimgesucht hatte? Eine Panikattacke? War er reif für die Klapsmühle?

Dort drüben hingen sie, die traubenförmigen lila Blüten, die mit ihrem Duft die ganze Straße erfüllten. Unerwartet exotisch, ein südliches Versprechen. Sie waren über die ganze Häuserfassade verteilt, sie umkränzten Balkone und Fenster. Im Haus nebenan war die Wohnung, in der er seit Jahrzehnten hauste.

Es war nicht die Begegnung mit seinem Schwiegersohn, überlegte er, die ihn so durchgeschüttelt hatte, dass er für einen Moment den Boden unter den Füßen verlor. Diese Begegnung hatte er gesucht. Sonst wäre er nicht zum Petersplatz gegangen. Und Mustafa Barikla schien ein prima Typ zu sein. Keine Einwände also, außer dass er Muslim war. Aber das ging ihn im Grunde gar nichts an. So war eben die heutige Welt, die Leute liebten sich quer durch die Kulturen.

Es war die junge Frau mit Kopftuch, die ihm die Fassung geraubt hatte. Der schnelle, genaue Blick, mit dem sie ihn ins Auge gefasst und sogleich erkannt hatte. Ihre Flucht ins Gedränge der Leute hinein, obschon sie ihn mit Sicherheit hatte rufen hören. Aber sie wollte nicht reden mit ihm. Sich nicht fragen lassen, was in jener Nacht im Krankenhaus geschehen war. Und er war zu langsam gewesen.

Er kam sich richtig alt vor, als er auf der niederen Mauer saß und zu seiner Wohnung hinüberschaute. Gebrechlich, dem Zerfall anheimgegeben. Aber etwas, beschloss er, wollte er noch erreichen. Er wollte herausfinden, warum die junge Frau vor ihm weggerannt war. Was hatte sie für ein Geheimnis?

Eine Viertelstunde später parkte er vor seinem Haus im Elsass. Aus dem Stall gegenüber vernahm er das Geräusch der Melkmaschine. Von Estelle war nichts zu sehen, auch von Moor nicht. Auf dem Küchentisch lag ein Zettel: »Habe Lucie an den Nussbaum gebunden. Bin bei einer Freundin. Gruß und Kuss von Estelle.«

Er trat vor das Haus. Am Nussbaum war keine Ziege angebunden. Hingegen war ein frohes Meckern zu hören. Es kam von jenseits der Straße, wo die Nachbarin den Gemüsegarten hatte. Darin stand Lucie. Sie war dabei, die letzten Setzlinge wegzufressen, mit sichtlichem Vergnügen.

»Du verdammtes Vieh«, knurrte Hunkeler. Er näherte sich der Ziege langsam, um sie einzufangen. Doch sie wollte nicht, wie er wollte. Sie wollte springen und tanzen. Er hatte alle Mühe, ihren Strick in die Hände zu kriegen.

»Schluss jetzt mit Bockspringen«, schimpfte er, »jetzt geht's in den Stall. Und wenn du brav bist, darfst du hin und wieder ein bisschen spazieren gehen.«

Er zerrte sie aus der Pflanzung und weiter bis in den Stall. Die Nachbarin schaute verwundert zu, wie er das widerspenstige Tier nach hinten zu einem freien Platz am Futterbarren schleifte und festband.

»Es tut mir leid«, sagte er. »Sie müssen neu anpflanzen. Das Vieh hat alle Setzlinge weggefressen.«

»Ach so? Das Miststück.«

Dann lachte sie herzlich.

»Sie weiß, was gut schmeckt, n'est-ce pas? So sind die Ziegen, neugierig und frech.«

»Ich habe sie auf dem Markt in Altkirch gekauft, von einer Frau aus Jettingen. Morgen bringe ich sie zurück.«

»Das ist nicht nötig. Von mir aus kann sie ruhig hierbleiben. Wenn sie brav ist. Milch habe ich genug. Man hat immer etwas zum Lachen mit einer Ziege.«

»Vielen Dank. Die Unkosten bezahle ich natürlich. Und die Setzlinge.«

»D'accord.«

Er wollte sich verabschieden. Aber er merkte, dass sie noch etwas auf dem Herzen hatte. Er setzte sich auf die Bank.

»Meine Nichte in Knoeringue hat angerufen«, sagte sie nach einer Weile. »Der junge Krotzer hat sich aufhängen wollen. Ufhänke, ufem Dachbode. Seine Mutter hat gemerkt, dass etwas nicht stimmte. Sie ist nachschauen gegangen. Er hatte schon den Strick um den Hals.«

Sie schaute ihn aus traurigen Augen an.

»Sone junge Maa. So eppis Schlimms. Muss man da nicht etwas unternehmen?«

Hunkeler dachte nach. Was konnte man da unternehmen?

»Wie alt ist er, dieser Krotzer?«

»Er heißt René. Er ist noch keine 18 Jahre alt.«

»Dann fällt er unter das Jugendstrafrecht. Das ist, soviel ich weiß, auch in Frankreich so. Er soll sich stellen.«

»Das will er partout nicht. Er sagt, er sei nicht schuld, dass sich ein Schuss gelöst habe.«

»Das soll er der Polizei erzählen. Sie wird es untersuchen. Wenn er nicht den Mut hat, sich zu stellen, so soll seine Mutter anrufen. Unbedingt. Möglichst bald.«

»Sie sind doch selber Polizist. Können Sie nicht helfen?«

»Nein. Ich muss mich da heraushalten. Sonst komme ich in Schwierigkeiten.«

»Wegen Monsieur Moor?«

»Ja, auch wegen Monsieur Moor.«

»Bon«, meinte sie, »ich werde seiner Mutter ausrichten lassen, dass sie anrufen soll.«

Als er den Stall verließ, stand drüben vor seinem Haus ein Lieferwagen mit Elsässer Nummer. Er erkannte ihn sofort. Es war der von Mustafa Barikla. Die Tür zur Scheune war offen. Aus der Scheune drang Männergeschrei.

Er überquerte die Straße und betrat die Scheune, um nachzuschauen. Mustafa saß am Boden, an ein altes Ölfass gelehnt. Er hielt sich den Kopf, der blutete. Daneben stand Moor, eine Dachlatte in der Hand.

»Seid ihr wahnsinnig?«, fragte Hunkeler. »Seid ihr vollkommen verrückt geworden?«

»Er hat mir mit der Latte eins übergezogen«, sagte Barikla, »le salaud. Ich habe ihn nicht gesehen, weil ich aus dem hellen Tageslicht kam. Er hat mir aufgelauert.«

»Was sucht er hier?«, fragte Moor. »Er hat hier drin nichts zu suchen. Wer ist er überhaupt?«

»Das ist Mustafa Barikla, Sie Idiot«, schimpfte Hunkeler. »Der Vater von Estelle.«

»Woher soll ich das wissen? Für mich war es ein fremder Eindringling. Ein Gendarme, der nach mir sucht.«

»Das ist ein Verbrecher«, sagte Barikla, »er hätte mir beinahe den Schädel eingeschlagen.«

»So, Schluss jetzt«, befahl Hunkeler. »Kommt in die Küche, dann verbinden wir die Wunde.«

Sie gingen hinein ins Haus. Hunkeler holte Verbandszeug.

»Das ist eine Platzwunde, nichts weiter«, sagte er. »Das wird bald wieder.«

Er umwickelte Mustafas Kopf mit einer Gazebinde.

»Warum bist du überhaupt hergekommen?«, fragte er.

»Duzen wir uns?«, fragte Barikla.

»Ja sicher, wenn du doch mein Schwiegersohn bist.«

»Bon. Freut mich, beau-père.«

»Halt, so schnell geht das nicht. Für dich heiße ich Pierre.«

»D'accord, Pierre. Wo steckt eigentlich Estelle?«

Hunkeler zeigte auf den Zettel, der auf dem Tisch lag.

»Lies selber. Bei einer Freundin.«

»Also in Mulhouse. Es ist zum Verrücktwerden. Sie macht, was sie will.«

»Was stellst denn du dir vor? Soll sie machen, was sie nicht will?«

Jetzt musste Barikla lachen.

»Natürlich nicht, Pierre.«

Er legte die Plastiktüte auf den Tisch, die er die ganze Zeit in der Hand gehabt hatte.

»Ich wollte dir bloß die Musikdose und den Ziegenkäse bringen.«

»So? Und warum bist du nicht zum Wohnhaus gegangen, sondern in die Scheune?«

»Weil ich den Mut nicht hatte. Du bist so unfreundlich gewesen auf dem Petersplatz.«

»Blödsinn. Wir haben höflich verhandelt. Und wir haben zusammen Tee getrunken. Die Musikdose habe ich übrigens schwer überzahlt.«

»Mais non. Das sind Kostbarkeiten, die sind gesucht.«

»Ach woher. Und den Ziegenkäse bekomme ich im Käseladen für die Hälfte.«

»Aber nicht in dieser Qualität. Das ist Natur pur. Unsere Ziegen fressen nur die besten Kräuter.«

»Wie wäre es mit einem Schluck Wein?«, fragte Moor.

»Von mir aus«, sagte Hunkeler und holte eine Flasche. »Und du, Mustafa, trinkst du mit?«

»Warum nicht? Gern.«

»Aber du bist doch Muselman?«

»Ungefähr so, wie dieser Schlägertyp hier Christ ist. Der sollte eigentlich seine Feinde lieben. Aber mir hat er beinahe den Kopf zertrümmert.«

»Also gut«, sagte Hunkeler. »Trinken wir ein Glas. Zum Wohl.«

Kurz vor Mitternacht rief er Hedwig an.

»Ja?«, hauchte sie.

»Ich bin's, Peter. Habe ich dich geweckt?«

»Nein, ich habe mich gerade erst hingelegt.«

»Mustafa war bei mir.«

Sie gähnte ausgiebig.

»Ich weiß.«

»Woher weißt du das?«

»Weil Isabelle angerufen hat. Sie hat mir alles erzählt.«

»Warum sagt man mir nichts?«, schrie er.

»Jetzt habe ich es dir soeben gesagt. Dieser Moor, der scheint ja ein Schlägertyp zu sein. Richtig gemeingefährlich. Wie lange bleibt er eigentlich noch im Haus?«

»Nicht mehr lange. Er ist harmlos. Er hat sich bloß verteidigen wollen. Also, dann schlaf gut.«

»Moment«, sagte sie, »leg noch nicht auf.«

Wieder war ihr Gähnen zu hören.

»Isabelle hat uns eingeladen.«

»Wie eingeladen?«

»In ihr Haus in den Vogesen.«

Darauf sagte er nichts.

»Bist du noch da?«

»Ja. Aber warum hat sie uns eingeladen?«

»Du bist doch der unmöglichste Kerl, den ich kenne. Freust du dich nicht?«

»Es geht so. Erst lässt sie jahrelang nichts von sich hören. Dann lädt sie uns plötzlich ein.«

Er hörte sie lachen.

»Du bist wirklich komisch. Mit Estelle und Mustafa kommst du doch aus, oder nicht?«

»Ja, schon. Wann soll das stattfinden?«

»Nach Ostern, Anfang Mai.«

Er zögerte. Aber absagen konnte er nicht.

»Meinetwegen. Das dauert noch.«

»Also ist das abgemacht?«

»Ich habe gesagt: meinetwegen.«

»Das wird schön. Dann sind wir alle zusammen. Also schlaf gut, Peter.«

Am Montagmorgen fuhr Hunkeler über die hohe Straße Richtung Basel. Staatsanwalt Suter persönlich hatte ihn angerufen und ihn gebeten, um 15 Uhr im Waaghof an einer Krisensitzung teilzunehmen.

»Es ist Feuer im Dach, Alarmstufe rot. Wir stecken tief in der Bredouille. Ich brauche alle Mann an Bord.«

»Ich bin ausgemustert, ich gehöre nicht mehr zur Crew. Ich bin alt und dumm.«

Ein Schnaufen durch die Nase, als ob der Staatsanwalt ein lästiges Insekt vertreiben wollte.

»Lassen Sie bitte solche exzentrischen Sprüche. Wir brauchen Ihre Erfahrung. Sie waren doch auch einer dieser Achtundsechziger.«

»Nur am Rande. Ich war ein Mitläufer.«

»Aber Sie kennen sich aus. Was waren diese Revoluzzer für Leute? Was trieb sie an? Was denken sie heute darüber?«

»Holde Jugendzeit. Längst vergangen und vorbei.«

Wieder das Schnaufen, unwirsch.

»Commissaire Bardet wird auch da sein. Ich appelliere an Ihre Verantwortung für die Stadt Basel. An die Solidarität mit Ihren ehemaligen Kollegen. Ich rechne mit Ihrer Anwesenheit.«

Hunkeler grinste vor sich hin, ein bisschen schäbig und ziemlich schadenfroh, als er an Trois Maisons vorbeirollte. Dem Staatsanwalt musste das Wasser tatsächlich bis zum

Halse stehen, wenn er sich zu einem solchen Anruf bequemte und auf einen ausgedienten Kommissär zurückgriff. Offenbar gehörte dieser Kommissär doch noch nicht zum alten Eisen.

Er schaute hinüber zu Estelle, die neben ihm im Auto saß. Die war richtig sauer. Denn sie waren unterwegs zur Alten Grenze, wo sie um elf antanzen musste zur Arbeit. Was ihr überhaupt nicht passte.

»Das ist ein Glücksfall für dich«, sagte er, »dass du so schnell Arbeit findest. Das ist nur möglich, weil der Koch ausgefallen ist und Helga Seiler selber kochen muss. Sie braucht dringend Hilfe. Und du kennst dich aus im Service.«

Sie schwieg. Sie schaute wütend auf die Straße.

»Das ist doch kein Leben für dich, so ein schönes, neugieriges Mädchen. Du kannst nicht die ganze Zeit herumhängen und nichts tun.«

Er kam sich blöd vor bei diesen Sätzen, als ziemlich altbackener Pädagoge.

»Du redest wie mein Vater, le salaud«, sagte sie, »nur schlimmer.«

»Vielleicht hat dein Vater ja recht. Das Elsass ist gut für jemanden, der das Leben hinter sich hat. Aber doch nicht für dich. Du brauchst junge Leute, Leben in der Bude, Anregung. Und wenn du nichts lernen willst, musst du eben arbeiten. Für Geld, für Lohn. Nichtstun geht nicht. So ist das in dieser Welt.«

Sie rümpfte die Nase.

»Was willst du denn, Herrgottsack?«, schrie er.

Sie schaute ihn erstaunt an.

»Ich wusste gar nicht, dass du böse werden kannst, grandpère.«

»Ich will dir ja nur helfen.«

»Das sagen alle. Dabei wollen sie bloß ihren Willen durchsetzen. Weil sie es nicht ertragen, dass jemand anders lebt als sie selber. Ich will mich um Lucie kümmern. C'est tout. Das ist das, was ich will.«

»Aber du kannst doch nicht dein Leben mit einer Ziege verbringen.«

»Warum nicht? Eine Ziege schreit mich wenigstens nicht an.«

Hunkeler wollte losbrüllen. Aber er beherrschte sich.

»Meinetwegen«, sagte er nach einer Weile. »Wir behalten sie. Du kannst sie immer, wenn du bei mir zu Besuch bist, bei der Nachbarin holen und mit ihr spazieren gehen.«

»Abgemacht?«

»Ja, abgemacht.«

Er parkte in der Mittleren Straße und stieg in seine Wohnung hinauf. Er ging in die Küche, um Teewasser aufzusetzen. Abwarten und Tee trinken, ein nützliches, tröstliches Sprichwort.

Er spürte eine Unruhe in sich, die er sich nicht recht erklären konnte. Gewiss hatte ihn der Streit mit Estelle aufgeregt und mitgenommen, mehr als er es im Moment gemerkt hatte. Eigentlich war es ein Kampf gewesen, ein Machtkampf. Und er hatte ihn gewonnen.

Er war sich sicher, richtig argumentiert und gehandelt zu haben. Er hatte seine alte Welt verteidigt, in der er aufgewachsen war. Nichtstun ging nicht.

Er trank drei Tassen Schwarztee mit einem Schuss Milch, langsam schlürfend. Er spürte, wie sich die Wärme des Tees in seinem Körper ausbreitete, bis in die Arme und Fingerspitzen. Nach einer Weile ging er in sein Schlafzimmer und legte sich hin, um ein bisschen autogenes Training zu machen. Er versuchte es eine Viertelstunde lang, er fand den Einstieg nicht.

Macht kaputt, was euch kaputtmacht. Dieser Slogan von 1968 fiel ihm ein und ließ ihn nicht mehr los. Was machte ihn kaputt? Oder besser, was hatte ihn kaputtgemacht? War er überhaupt kaputt? Hatte ihn die jahrzehntelange, zermürbende Arbeit auf dem Kommissariat so weit zerschlissen, dass er zum willenlosen Untertan geworden war, der bar jeder Phantasie das Hohelied von Ruhe und Ordnung und geregelter Arbeit predigte? Wer nichts lernen will, muss arbeiten, hatte er gesagt. Dieser Satz entsprach seiner eigenen Erziehung. Aber war er richtig? Hatte er nicht von etwas anderem geträumt? Zum Beispiel davon, sich mit ein paar Ziegen in die Berge zurückzuziehen?

Nein, er kam sich nicht kaputt vor. Ein bisschen mürbe zwar, abgenutzt, verbraucht. Doch eigentlich noch ziemlich ganz. Zwar hatte er nicht die Welt verändert. Aber ein bisschen helfen, wenn auch nur im Kleinen, das hatte er schon gewollt.

Estelle, überlegte er, hätte ja nicht mit ihm reden müssen. Sie war freiwillig zu ihm gekommen. Und sie hatte von ihm erhalten, was sie von ihm vielleicht erwartet hatte. Einen Rat aus der alten Welt. Sollte sie doch damit anfangen, was sie wollte.

Aber dies war nicht der Grund seiner Unruhe. Der wahre

Grund lag darin, dass er äußerst ungern den Waaghof betrat, wo das Kommissariat untergebracht war. Es war ein Neubau aus Beton und Glas, alles schnurgerade wie mit dem Lineal gezogen. Endlose Gänge, die Zimmer nummeriert, damit man sie nicht verwechselte. Ein bisschen moderne Kunst vom staatlichen Kunstkredit, die niemand begriff. Im Ganzen eine riesige Maschine, die offenbar einwandfrei funktionierte. Nur waren in dieser Maschine Menschen wie Hunkeler nicht vorgesehen.

Es war ihm nie wohl gewesen in diesem Gebäude. Viel lieber wäre er im alten Lohnhof geblieben. Deshalb hatte er auch einen Stuhl aus Eichenholz in sein Büro gestellt. So war wenigstens etwas da, was in der Natur gewachsen war. Abgesehen von Hunkeler selbst.

Es war wie überall heutzutage. Irgendwo in den Ämtern saßen ein paar Spezialisten, die über das Steuergeld der Leute verfügten und damit gewaltige Apparate bauen ließen, in denen sich dann die Menschen zurechtfinden mussten. Die Leute selbst wurden nicht gefragt.

Eine Höhle auf Malta kam ihm in den Sinn, die er vor langer Zeit besucht hatte. Das Hypogäum, so hieß diese Höhle, war vor mehreren Tausend Jahren in den Erdboden gegraben worden. Ein vorgeschichtliches Heiligtum, drei Etagen tief, in der untersten Etage musste das Allerheiligste gewesen sein. Es gab in dieser Höhle keinen einzigen rechten Winkel. Es gab keine einzige gerade Linie. Das war alles rund und geschwungen, als wäre es organisch gewachsen. Und zuunterst hatte sich Hunkeler wohl gefühlt wie im Mutterbauch.

Auf der Insel waren ein paar Tempel aus derselben Zeit,

alle aus dem gleichen, weichen Stein aufgerichtet, den man beinahe essen konnte. Auch hier kein rechter Winkel, keine gerade Linie. Sie waren in der Form eines Kleeblatts gebaut.

Es gab aus dieser Kultur fast keine männlichen Zeugnisse. Nur zwei kleine Reliefs, die im Museum hingen. Sie zeigten erigierte Penisse. Sie waren wohl das Einzige, was den Frauen jener Zeit, die das Sagen hatten, an Männern erwähnenswert schien.

Aus dieser Ära wurde auf der Insel keine einzige Waffe gefunden. Hingegen zwei große, steinerne Statuen thronender Frauengestalten. Unförmig dicke, fettreiche Leiber, für das moderne Auge erschreckend fremd. Dies mussten die Abbilder überaus angesehener Frauen sein.

Jetzt merkte Hunkeler auf seinem Bett, wie er sich entspannte und tief zu atmen begann. Er dachte an seine Mutter. Ihr Teppichklopfer kam ihm in den Sinn, mit dem sie ihm einmal den Hintern zu versohlen versucht hatte. Es hatte nicht geklappt, obschon er stillgehalten hatte. Aber sie hatten beide lachen müssen.

Dieser Teppichklopfer hatte, wie die Tempel auf Malta, die Form eines Kleeblatts. Und er dachte an das Lineal, mit dem ihn sein Vater durchgeprügelt hatte. Wegen nichts und wieder nichts. Einfach, um ihm den Willen zu brechen. Zum Glück war es ihm nicht gelungen.

Dies waren die ziemlich kuriosen Gedanken von Kommissär Peter Hunkeler, bevor er in einen erquickenden Mittagsschlaf fiel.

Kurz vor 15 Uhr betrat er den Waaghof. Frau Held am Empfang strahlte, als sie ihn sah. Sie trug wie immer eine weiße Bluse und hatte eine Spur Rouge aufgelegt.

»Wie schön, Sie zu sehen«, sagte sie. »Ich habe nicht gedacht, dass Sie noch einmal hier hereinkommen. Wie geht's Ihnen denn?«

»Wie einem einsamen Uhu im Wald, der gottverlassen in die Nacht hinausruft. Wir sollten einmal zusammen eine Flasche Wein trinken.«

Sie lachte ihn an, sie freute sich wirklich. Er freute sich auch.

»Immer noch der alte Charmeur. Ich würde Sie schon hören, wenn Sie rufen würden. Im Ernst: Suter ist stocksauer, weil er seine Frühlingstourenwoche in Arosa unterbrechen musste. Aber das kann Ihnen ja egal sein. Oder nicht?«

»Ich weiß nicht recht. Eigentlich bin ich froh, nicht mehr dabei zu sein. Aber irgendwie bin ich immer noch Kommissär.«

»Dann kommen Sie einfach her, wenn Sie Heimweh haben. Und wir plaudern ein bisschen.«

»Einverstanden. Das ist abgemacht.«

Oben im Konferenzraum war die ganze Crew versammelt, Suter, Madörin, Haller, Lüdi. Auch Commissaire Bardet war da, zusammen mit Madame Godet von der Police Nationale in Mulhouse. Kommissar Rotzinger von der Landespolizei Lörrach war ebenfalls anwesend. Was Hunkeler zu denken gab. Die kamen nur, wenn die Lage ernst war.

Man begrüßte sich knapp, wie immer vor wichtigen Sitzungen. Hunkeler staunte, als ihm Madörin einen Klaps auf die Schulter gab, was wohl freundschaftlich gemeint war.

Staatsanwalt Suter, braun gebrannt, in dunkelblauem Flanell mit leuchtender Seidenkrawatte, hieß die Gäste willkommen. Er hätte nicht über die Grenze hinweg um Hilfe gerufen, sagte er, wenn es nicht zwingende Gründe dafür geben würde. Aber die Stadt Basel, und mit ihr die ganze Region, zu der doch auch das südliche Elsass und das deutsche Markgräflerland zu zählen seien, befänden sich in höchster Gefahr.

Ein leises Zittern lag in seiner Stimme. Suter beherrschte virtuos die Klaviatur der Betroffenheitsrhetorik. Ein Hüsteln von Madame Godet war zu vernehmen, Bardet rümpfte angewidert die Nase.

»Wir sind hier, meine Dame, meine Herren«, sprach Suter, »um Schaden von unserem wunderschönen Dreieckland abzuwenden. Es sieht ganz so aus, als sei unser alteingesessenes Geldinstitut, die Basler Volkssparkasse, massiven Angriffen von unbekannter Seite ausgesetzt, Angriffen, die auch vor Mord und Totschlag nicht zurückschrecken. Wie Sie wissen, hat die BVS eine Staatsgarantie. Das heißt, die Stadt Basel garantiert die Spareinlagen. Wenn die BVS wankt, wankt folglich auch Basel. Es wankt der ganze Wirtschaftsstandort Nordwestschweiz samt grenznahem Elsass und Markgräflerland.«

Hier machte Suter eine Kunstpause, damit die Tragweite seiner Worte allen klar wurde.

»Merde«, sagte Bardet, »was soll das Klagelied? Wir im Elsass wanken nicht.«

»Wir im Markgräflerland wanken auch nicht«, sagte Rotzinger.

Suter schnaufte mehrmals durch die Nase und rückte seinen Krawattenknopf zurecht, obschon der einwandfrei am richtigen Ort saß.

»Bitte, meine Dame, meine Herren, geben Sie mir die Zeit, Ihnen die Fakten zu schildern. Die Lage ist ernster, als Sie vielleicht glauben. Vor rund einem Monat ist der Direktor der BVS, Viktor Waldmeier, bei der Einreise in die USA in New York verhaftet worden. Jetzt wurde er nach Zahlung einer Kaution in unbekannter Höhe auf freien Fuß gesetzt, allerdings ohne dass er ausreisen darf. Die Vermutung liegt nahe, dass er zur Preisgabe interner Bankdaten gezwungen wird, die nach schweizerischem Recht unter das Bankgeheimnis fallen. Das ist ein massiver Angriff auf unseren Rechtsstaat. Wir sind entschlossen, diesem Angriff mit allen Mitteln entgegenzutreten.«

»Vielleicht sollte die BVS ihre Schwarzgeldkonten offenlegen«, sagte Bardet. »Dort liegt auch französisches Geld.«

»Und deutsches Geld«, bemerkte Rotzinger.

Suter rang sichtlich um Fassung. Er war es nicht gewohnt, dass man ihn unterbrach.

»Bitte, Messieurs«, sagte Madame Godet, »lassen Sie Monsieur Suter erst mal ausreden.«

»Danke, Madame. Kurz nach Waldmeiers Verhaftung ist im Krankenhaus Stephan Fankhauser, langjähriger Direktor der BVS und Vorgänger Waldmeiers, unter nicht ganz geklärten Umständen gestorben. Jedenfalls wurde keine Obduktion gemacht, was in einem solchen Fall ungewöhnlich erscheint. Ich habe zur heutigen Sitzung auch den sehr verdienten ehemaligen Kommissär Hunkeler eingeladen, der mit Fankhauser im selben Krankenhauszimmer lag. Sie kennen ihn alle, und ich bin sicher, Sie haben ihn in bester Erinnerung.«

Hier versuchte Suter ein aufmunterndes Lächeln, das aber von den versteinerten Mienen abprallte.

»Haben Sie dazu etwas zu sagen, Herr Kommissär Hunkeler?«

»Nein, nichts Besonderes. Ich habe in jener Nacht eine Schlafpille geschluckt und bin erst am Morgen erwacht. Da war Fankhauser schon weg.«

»Sie haben also nichts mitbekommen von Fankhausers Sterben?«

Hunkeler schüttelte den Kopf. Er sah, dass ihn Bardet angrinste.

»Nein«, sagte er, »gar nichts.«

»Wenden wir uns also dem dritten Fall zu«, fuhr Suter nach kurzem Zögern fort. »Er betrifft Altregierungsrat Dr. Debrunner, der im Aufsichtsrat der BVS sitzt. Er wurde nach der Trauerfeier für Fankhauser spätabends auf dem Heimweg brutal niedergeschlagen, so dass er das Bewusstsein verlor. Es geht ihm inzwischen besser. Aber er kann sich an nichts erinnern. Bei der Tatwaffe muss es sich um einen Backstein aus gebranntem Ton handeln, wie unsere kriminaltechnische Abteilung herausgefunden hat. Solche Steine lagen unweit von Debrunners Haus, weil dort gebaut wurde. Auch hier fehlt vom Täter jede Spur.«

Wieder erschien auf Bardets Gesicht ein breites Grinsen.

»Da muss jemand eine Riesenwut gehabt haben«, sagte er.

»Silence, Monsieur«, sagte Madame Godet.

»Ich ertrage die Stimmung nicht hier im Raum«, protestierte Bardet. »Wer sind wir denn? Schulbuben? Was wollen Sie von uns, Monsieur Suter?«

Suter antwortete nun eine Spur schärfer.

»Ich komme gleich zu Ihnen, Monsieur Bardet. Und ich bitte Sie, mir Ihre geschätzte Aufmerksamkeit noch einen Augenblick zu schenken. Der vierte Fall betrifft Philipp Meierhans, pensionierter Investmentbanker der BVS. Er wurde im grenznahen Elsass, in Knoeringue, erschossen. Mit der eigenen Flinte, als er auf der Jagd war. Obschon wir unsere freundnachbarliche Hilfe angeboten haben, ist der Täter noch immer nicht eruiert.«

Bardet wollte etwas sagen. Doch er hielt sich zurück.

»Ich fasse zusammen«, sprach Suter. »Es sind vier wichtige Persönlichkeiten aus dem Umkreis der BVS entweder verhaftet oder tätlich angegriffen worden. Oder auf ungeklärte Weise verstorben. Wir sind der Meinung, dass dies kein Zufall sein kann. Auffällig ist, dass alle vier Männer in jungen Jahren bei einer linken Studentenvereinigung dabei waren. Diese Gruppierung hatte das Ziel, Revolution zu machen und die gesamte Gesellschaftsordnung umzustürzen. Wenn nötig, auch mit Gewalt. Sie berief sich auf Marx, Trotzki und Mao. Bekanntlich haben die meisten dieser Leute längst in die Gesellschaft zurückgefunden und Karriere gemacht. Aber eben nicht alle. Wir stellen uns nun die Frage, ob die vier Fälle möglicherweise ihren Ursprung in diesen frühen Jahren haben könnten? Indem sich beispielsweise einige der damals jungen Revolutionäre inzwischen so weit radikalisiert haben, dass sie sich an ihren Kollegen, die in ihren Augen zum Klassenfeind übergelaufen sind, rächen wollten. Das wäre also eine Art blutige Abrechnung unter ehemaligen Revolutionären.«

»Quelle connerie«, sagte Bardet. »Was soll der Blödsinn? Das ist doch die reine Nostalgie.«

Aber Suter ließ sich nicht mehr von seiner Fährte abbringen. Seine Stimme wurde scharf wie zerbrochenes Glas.

»Was meinen Sie dazu, Herr Kommissär Hunkeler? Sie waren doch auch bei den Achtundsechzigern.«

Hunkeler zögerte mit der Antwort. Er schaute kurz zu Bardet hinüber, der immer breiter grinste.

»Ich glaube nicht, dass dies die richtige Spur ist«, sagte er.

»Was Sie glauben oder nicht«, erwiderte Suter, »spielt hier keine Rolle. Wie war es damals? Erzählen Sie.«

»Ich war eine Woche in Prag. Ich bin mit einem Bus des Studentischen Reisedienstes hingefahren. Es war die Zeit des Prager Frühlings. Die ganze Stadt Prag war am Feiern. Es war eine Feier der Phantasie. An jeder Ecke gab es neues Theater, neue Musik, neuen Film, neue Literatur. Damals glaubten wir alle, dass man die Welt mittels der Phantasie zum Guten verändern könne. Das Ende ist bekannt. Der Warschauer Pakt schickte seine Panzer und verwandelte Prag in einen Friedhof.«

»Ich möchte wissen«, sagte Suter, »wie es in Basel war.«

»Es war in Basel so, wie es in allen Universitätsstädten war. Es war ein Aufstand der Jugend gegen die Generation aus dem Zweiten Weltkrieg. Die Eruption eines Vulkans, von dessen Vorhandensein die ältere Generation keine Ahnung hatte. Niemand wusste, wie man dieser Eruption begegnen konnte, auch die Polizei nicht. Deshalb ließ man die jungen Leute gewähren. Sie haben ja auch viel bewegt und zum Besseren verändert. Natürlich ist es schnell Mode geworden, für den Vietcong zu sein und für Mao, den man als Befreier der unterdrückten Massen ansah.«

»Wie hielten es die jungen Leute mit der Gewalt? Waren sie gewalttätig?«

»Theoretisch bejahten viele die sogenannte revolutionäre Gewalt, weil sie notwendig sei zur Veränderung der bestehenden Verhältnisse. Niemand wollte ein liberaler Scheißer sein. Es gab eine Art Konkurrenz der Radikalität. Wer am lautesten nach Gewalt schrie, galt am meisten. Es war ja auch einfach im wohlbehüteten Basel, revolutionäre Gewalt zu fordern. Aber richtig daran geglaubt hat im Grunde niemand. Das war auch im Pariser Mai nicht anders, als die Studenten das Quartier Latin besetzt hielten. Ich vermute, dass die Pariser Polizei zu Beginn des Studentenaufstandes von den fliegenden Pflastersteinen total überrascht wurde. Studenten, die das Pflaster aufreißen und Steine auf die Polizei schmeißen, mit so etwas hatte niemand gerechnet. Natürlich hätte die Polizei schießen können, sie hatte die Waffen. Aber das hätte einen Volksaufstand gegeben. Erst diese Kultur, die Kultur der friedlichen Auseinandersetzung, hat die Studentenrevolte ermöglicht. Ich denke, so war es auch in Basel.«

Suter schnaufte mehrmals durch die Nase. Es war wohl nicht das, was er hatte hören wollen.

»Da bin ich anderer Meinung«, sagte Madörin.

»Mon Dieu«, sagte Bardet, »encore cette canaille. Muss ich mir das alles anhören?«

Er erhob sich, um den Raum zu verlassen.

»Non«, befahl Madame Godet. »Sie bleiben da. Und Sie hören zu.«

Bardet setzte sich wieder.

»Es gab in der 68er-Bewegung von Anfang an eine Tendenz zur Gewalt«, behauptete Madörin. »Diese Tendenz hat sich im Laufe der Entwicklung verstärkt. Es stimmt schon, dass die Mehrheit vor Gewalt zurückschreckte. Aber eine Minderheit eben nicht. Diese Minderheit hat sich radikalisiert und ist zur Tat geschritten, hat schreckliche Attentate auf Repräsentanten des verhassten Systems verübt, siehe Deutschland und Italien. Ein Teil dieser Minderheit hat bis heute überlebt. Es sind die Anarchisten. Sie sind brandgefährlich. Wir wissen alle, dass der Erste Weltkrieg durch einen Anarchisten ausgelöst wurde. Durch das Attentat von Sarajevo. Heute versuchen sie, unser Gesellschaftssystem von innen her umzustürzen, indem sie seine lebensnotwendigen Blutbahnen, das Banken- und Finanzwesen, attackieren und zum Erliegen bringen wollen. Und dieses reagiert äußerst empfindlich. Einen führenden Kopf der Anarchisten haben wir in Basel verhaftet und in Untersuchungshaft genommen. Es handelt sich dabei um einen Mann mit Namen Paul Egloff, der schon 1968 Gewalt gegen das System propagierte. Er ist zum Zeitpunkt des Attentats auf Philipp Meierhans in Knoeringue gesichtet worden, in der Nähe des Tatorts. Was selbstverständlich noch kein Beweis für seine Täterschaft ist, aber immerhin ein starkes Indiz. Er leugnet zwar noch immer. Aber wir werden ihn schon weich kriegen.«

Betretenes Schweigen im Raum. Alle wussten, dass sich

Madörin wieder einmal in eine hirnverbrannte Theorie verrannt hatte. Korporal Lüdi lehnte sich zurück und schloss die Augen. Haller holte seine geschwungene Luzerner Pfeife aus der Tasche und nuckelte daran. Selbst Suter wusste nicht recht, was sagen.

»Woher haben Sie diese Information?«, fragte Bardet schneidend.

Madörin zögerte. Er hatte diese Frage nicht erwartet, vor allem nicht in dieser Schärfe.

»Ich habe davon gehört.«

»So, Sie haben davon gehört. Und ich habe gehört, dass Sie einen Tag nach dem Tod von Meierhans in der Wirtschaft in Knoeringue aufgetaucht sind und Fragen gestellt haben.«

»Ich kann meinen Kaffee trinken, wo ich will«, sagte Madörin. »Und ich darf auch mit der Wirtin reden, wenn ich will.«

Aber Bardet ließ sich nicht mehr aufhalten. Seine Stimme war jetzt hart wie ein Glasschneider.

»Ich habe weiter gehört, dass Sie etwas später in Huningue aufgekreuzt sind und den Wohnwagen von Monsieur Egloff observiert haben. Und dies ohne Absprache mit der Gendarmerie. Was sagen Sie dazu, Monsieur Madörin?«

Madörin sagte nichts. Er warf Hunkeler einen hilfesuchenden Blick zu. Doch der rührte sich nicht.

»Das ist ein Skandal, Monsieur Suter. Ein Basler Kommissär recherchiert auf eigene Faust in Frankreich, ohne uns zu informieren. Das wird ein Nachspiel haben. Ich protestiere in aller Form im Namen der Police Nationale. Die Präpotenz und Arroganz des Basler Kommissariats sind unerträglich. Wir werden solche Übergriffe nicht mehr zulassen. Sie setzen damit unsere binationale Zusammenarbeit aufs Spiel, unsere grenzüberschreitende Freundschaft.«

Madame Godet schwieg mit gesenktem Blick. Suter rang nach Worten. Aber auch ihm fiel keine Entgegnung ein. Der Angriff war zu präzise, zu unwiderlegbar. Da klingelte Bardets Handy.

»Je m'excuse«, sagte er. »Ich habe Mitteilung gemacht, dass ich in einer wichtigen Sitzung bin. Es muss sehr dringend sein.«

Er nahm den Anruf an. Noch immer herrschte eisiges Schweigen im Raum.

»Oui, Bardet. Isch das wohr? Sind Sie sicher? Non, das geht schon. Ich komme gleich.«

Er legte auf.

»Es tut mir leid, Madame, Messieurs, ich muss die Sitzung verlassen. Wir haben den Täter im Fall Meierhans. Es ist ein junger Mann aus Knoeringue. Er ist mit seiner Mutter auf dem Posten der Gendarmerie in St. Louis. Er sagt, er habe Meierhans die Flinte wegnehmen wollen, weil er gegen die Jagd sei. Dabei habe sich ein Schuss gelöst. Bon, c'est tout. Das wäre alles. Ich wünsche einen angenehmen Abend.«

Er erhob sich und ging hinaus.

Niemand sagte ein Wort. Madörin saß in sich zusammengesunken auf dem Stuhl. Suter lockerte sich den blütenweißen Kragen.

Endlich ergriff Madame Godet das Wort.

»Bon, Messieurs, damit scheint der Fall Meierhans gelöst zu sein. Ihre Anarchisten können Sie sich irgendwohin schieben. Bonsoir à tous.«

Ein starkes Wort für die gepflegte Madame, die sonst immer um Ausgleich bemüht war. Sie schritt mit eisiger Miene hinaus, gefolgt von Kommissar Rotzinger.

»Das wäre also die totale Blamage«, sagte Suter nach einer Weile. »Was haben Sie sich dabei gedacht, Kommissär Madörin?«

Der sagte noch immer nichts, ein Dackel, der einen Tritt abbekommen hatte.

»Sie werden langsam zum Sicherheitsrisiko für das Kommissariat. Merken Sie das nicht? Sie lassen sich zu sehr hinreißen von Ihrem Jagdfieber. Aber Basel ist und bleibt eine liberale Stadt, in der auch Andersdenkende wie beispielsweise Anarchisten ihren Platz haben. Wir sind eine unpolitische Polizei. Merken Sie sich das endlich.«

Ein nervöses Schnaufen durch die Nase, ein Griff zum Krawattenknopf. Doch, der saß am richtigen Ort.

»Ich werde einen Verweis gegen Sie aussprechen müssen. Und ich bitte Sie, Ihren Verfolgungswahn fürderhin zu zügeln. Sie entlassen Herrn Egloff auf der Stelle aus der Haft. Damit ist die Sitzung beendet. Auf Wiedersehen, meine Herren.«

Er verließ federnden Schritts den Raum.

Haller versorgte seine Pfeife und schüttelte traurig den Kopf. Lüdi öffnete seine Augen wieder und blickte verstört zu Hunkeler.

»Dieser Schuss ging nach hinten los«, sagte er. »Eine mittlere Katastrophe, wenn mich nicht alles täuscht.«

»Also dann, Kollegen«, sagte Hunkeler munter und erhob sich. »Ich muss mal weiter. Es war schön, wieder einmal unter euch zu sein.«

Er trat zu Madörin und gab ihm einen Klaps auf die Schulter.

»Pech gehabt, Kollege. Das kann vorkommen. Vergiss es einfach.«

Er nahm noch kurz Madörins hasserfüllten Blick zur Kenntnis. Dann ging auch er hinaus.

Draußen auf der Straße blieb er eine Weile stehen und schaute zu, wie die Trambahn vorbeirollte. Eine Komposition von drei Wagen, um diese Tageszeit reichlich besetzt mit Leuten, die im schweizerischen Flüh oder im elsässischen Leymen wohnten. Hunkeler fand das schön. Sollten sich doch die Regierungen der Länder ruhig in den Haaren liegen und um Steuer- und Freizügigkeitsabkommen streiten. In der Region Basel zuckelte derweilen das Tram friedlich über die Grenze.

Er spazierte zum Bachbett der Birsig hinüber, die aus dem Leymental kam und quer durch die Stadt in den Rhein floss. Er setzte sich unter den Bäumen am Ufer auf eine Bank. Ein schöner Frühlingsabend, angenehm warm. Das erste Laub in den Büschen, Vögel, die sangen. Weiter hinten war der Zoo. Dort nisteten die Störche, die man hin und wieder durch den Himmel segeln sah.

Hunkeler steckte sich eine Zigarette an, nahm einen tiefen Zug und betrachtete die Glut, die den Tabak langsam in schwarze Asche verwandelte. Er nahm einen weiteren Zug und schnippte die Kippe in weitem Bogen ins Wasser hinunter.

Es war alles sehr gut gelaufen, viel besser, als er gehofft hatte. Estelle war in der Alten Grenze untergebracht. Egloff würde aus der Untersuchungshaft entlassen werden. Und der Kunstmaler Moor saß wohl bereits wieder in der Wirtschaft in Knoeringue.

Er nahm sich vor, die nächsten Tage ruhig anzugehen und im Elsass zu verbringen. Ausschlafen, Spazierengehen, Lesen. Über den Ersten Weltkrieg hatte er genug erfahren. Der machte ihn bloß depressiv, da hatte Hedwig recht. Er beschloss, der Buchhandlung in der Bachlettenstraße einen Besuch abzustatten, und machte sich auf den Weg, die Birsigstraße hinauf.

Es war eine Buchhandlung der alten, schönen Art. Ein Einmannbetrieb, der einwandfrei funktionierte. Büchertürme, die einzustürzen drohten, aber nie einstürzten. Es musste ein geheimes System im scheinbaren Chaos geben. Der Buchhändler, ein Virtuose des literarischen Turmbaus, zauberte jedenfalls fast jedes gewünschte Buch hervor.

»In deinem Laden«, sprach Hunkeler, »wird mir immer wohl ums Herz. Weil er mich an früher erinnert. Du hast hier eine menschliche Oase.«

»Davon bleibt nicht mehr viel übrig«, sagte der Mann, der gegen die siebzig zuging. »Heute wird mit den langen Messern gekämpft.«

»Doch, du gehörst zur schönen Spezies der Waldohreule. Du hältst dich wacker auf deinem Ast.«

»Ist die nicht vom Aussterben bedroht, diese Waldohreule?«

»Woher soll ich das wissen?«

»Also lass diese Sprüche. Kann ich dir helfen? Oder willst du selber suchen?«

»Ich suche selber.«

Er fand einen dicken Band über Karl den Großen. Das interessierte ihn, einzutauchen in die Welt vor 1200 Jahren, als das alte Europa geformt und die Karolingische Minuskel eingeführt wurde, die Schrift, aus der sich die heute noch gültige entwickelt hatte. Notker Balbulus fiel ihm ein, Notker der Stammler, von dem die Klosterbibliothek St. Gallen Handschriften besaß. Oder täuschte er sich? Hatte Notker früher gelebt? Oder später? Er merkte wieder einmal, dass er sich damals an der Uni Namen eingeprägt hatte, von denen er keine Ahnung hatte, wer sich dahinter verbarg.

Er fand ein zweites Buch, das ihn interessierte. Eine Biografie über Otto von Freising. Auch von ihm hatte er an der Uni gehört, ohne zu erfahren, was für eine Bewandtnis es mit diesem Mann hatte. Niemand hatte es ihm erklärt. Und Geld, um Bücher zu kaufen, hatte er keines gehabt. Jetzt hatte er Zeit und Geld genug. Und sein Wissensdurst war immer noch da.

Mitte der Woche rückte er im Elsass endlich der umgestürzten Fichte zu Leibe. Er hieb mit der großen Axt ihre Äste ab, er spürte die Schläge in den Oberarmen, sie schmerzten bei jedem Hieb. Aber er ließ nicht locker. Er warf die Motorsäge an und fräste das Sägeblatt durch das Fichtenholz. Er genoss das Aufheulen des Motors, das Wegstieben des Sägemehls, den Duft nach Holz und Harz. Er hatte vor, die einzelnen Stücke mit der Karrette in die Scheune zu fahren und dort zu handlichen Scheiten zu hacken. Doch das verschob er auf später.

Auf der Straße draußen hielt ein Auto der Gendarmerie

an. Bardet stieg aus und kam langsam durch die Wiese geschlendert. Hunkeler stellte die Motorsäge ab.

»Gut«, sagte er, »kommen Sie herein. Wir trinken einen Schnaps zusammen.«

In der Küche schenkte Hunkeler Zwetschgenschnaps ein.

»Wo ist Monsieur Moor?«, fragte Bardet.

»Ich nehme an, er ist in der Wirtschaft in Knoeringue. Er ist befreundet mit der Wirtin.«

Bardet kippte sich seinen Schnaps in die Kehle. Hunkeler schenkte nach.

»Schmeckt wirklich hervorragend«, sagte Bardet, »wie früher bei meinem Großvater. Sie sagten, der Nachbar hat ihn gebrannt? Kann man davon kaufen?«

Hunkeler erhob sich und holte aus dem Kastenboden eine weitere Flasche.

»Nein. Aber ich schenke Ihnen eine Flasche.«

»Das darf ich nicht annehmen, wegen Bestechung und so.«

»Wieso sollte ich Sie bestechen? Das erfährt niemand.«

»Bon, merci. Und Ihre Enkelin, Estelle? Wie geht's ihr? Schläft sie immer noch bei der Ziege?«

»Nein. Die Ziege ist im Stall der Nachbarin. Und Estelle arbeitet in der Alten Grenze im Service.«

»Was für ein Zufall, n'est-ce pas?«

Hunkeler wollte nachschenken, aber Bardet wehrte ab.

»Non merci, nicht während der Arbeit. Ein bisschen viel Zufälle, finden Sie nicht? Erst verstecken Sie einen möglichen Täter. Dann tauchen Sie auf dem Campingplatz in Huningue auf, wo Monsieur Egloff seinen Wohnwagen stehen hat. Was soll das alles?«

»Ich bin nach Huningue gefahren, um mit Egloff wegen Estelle zu reden. Von seiner Verhaftung habe ich erst von der alten Frau erfahren. Sie haben ja bestimmt mit ihr gesprochen.«

»Und das soll ich Ihnen glauben?«

»Ja.«

Ein kurzer, scharfer Blick von Bardet. Dann lächelte er.

»Bon. Wenn es die Wahrheit ist, glaube ich es. Nur weiß ich leider nicht, ob es auch tatsächlich die Wahrheit ist.«

Jetzt lächelte Hunkeler ebenfalls, honigsüß.

»Was sollte ich für einen Grund haben, Sie zu belügen?«

»Das ist genau das, was ich nicht weiß.«

Bardet drückte die Zigarette im Aschenbecher aus.

»Es geht mich eigentlich nichts an«, sagte er. »Aber was war mit diesem Dr. Fankhauser, von dem Suter geredet hat? Haben Sie in der Nacht, als er starb, tatsächlich geschlafen und nichts mitbekommen?«

»Ich habe geschlafen wie ein Stein.«

»Und am Morgen, als Sie aus Ihrem Tiefschlaf erwachten, lagen Sie allein im Zimmer. N'est-ce pas?«

»Genau so ist es gewesen.«

Sie schauten gemeinsam auf die Wiese hinaus, wo Hahn Fritz zu einem erbärmlichen Krähen anhob.

»Der alte Gockel macht es nicht mehr lange«, sagte Bardet. »Wollen Sie warten, bis er tot umfällt?«

»Warum nicht? Was soll ich sonst machen? Ihn umbringen?«

»Bon. Dann scheint ja alles in bester Ordnung zu sein. Merci für den Schnaps.«

Die nächsten Tage lag Hunkeler stundenlang auf seinem Bett und las über Karl den Großen. Über seine Feldzüge gegen die Langobarden in Norditalien, gegen die Sachsen und die Bayern, mit denen er sein Reich ausweitete und arrondierte. Über die Allianz mit dem Papst, der ihn als Dank für dieses Gemetzel zum Kaiser krönte und später sogar heiligsprach. Hier tauchte tatsächlich Notker Balbulus auf. Er war Mönch in St. Gallen und hatte ein Werk über Karls Taten verfasst, in dem er ihn als weise und milde, unbesiegbar und unvergleichlich schilderte. Ganz Europa habe ihn verehrt.

Außer den Langobarden, dachte Hunkeler. Und den Sachsen und den Bayern.

Er las davon, dass der mächtige Kalif von Bagdad, der Beherrscher der Gläubigen Harun ar-Raschid, für den Scheherazade die Märchen aus Tausendundeiner Nacht erzählt hatte, dem großen Karl einen Elefanten schenken wollte, um ihm seine Ehrerbietung zu zeigen. Er schickte den Juden Isaak mit einem Rüsseltier, das Abul Abbas hieß, auf die lange Reise. Sie führte auf dem Landweg bis nach Tunesien, von wo das große Tier im Herbst 801 mit einem Schiff nach Portovenere in Ligurien befördert wurde. In Vercelli wurde überwintert, ehe es im nächsten Frühjahr über den Großen St. Bernhard weiterging. Am 20. Juli zog Isaak tatsächlich mit dem Elefanten Abul Abbas in Aachen ein.

Das erheiterte Hunkeler ungemein. Er lachte laut los, als er von diesem seltsamen Paar las, das durch die Dörfer wanderte, vorbei an staunenden Menschen. Es war ein Lachen aus Freude, aus Lust am Leben. Und er fragte sich, ob er nicht doch einen Spaziergang mit Madame Lucie riskieren sollte.

Einmal, um Mitternacht, klingelte das Telefon. Das war seltsam, dieses Klingeln im ruhigen Haus mitten in der Nacht. Hunkeler erschrak. War etwas Schlimmes geschehen? Aber nein. Es war sicher Lüdi. Er stieß die beiden Katzen vom Bett, die empört maunzten, und trat in den Gang hinaus zum Telefon, das an der Wand hing.

Es war Lüdi.

»Habe ich dich geweckt?«

»Nein«, sagte Hunkeler. »Ich bin am Lesen.«

»Was liest du denn?«

»Soeben habe ich über einen Elefanten gelesen, der um 800 nach Christus mit einem Führer namens Isaak von Bagdad nach Aachen gewandert ist.«

Lüdis Meckern war zu hören.

»Warum liest du das?«

»Weil es mich interessiert. Geh einmal auf die Pfalz über dem Rhein und schau dir den romanischen Chor des Münsters an. Dort hocken auf den Pfeilern seltsame Tiere, die riesige Rüssel haben, ähnlich wie Elefanten. Aber es ist klar, dass die Steinmetze nie einen richtigen Elefanten vor Augen hatten, sondern die Tiere bloß vom Hörensagen kannten. Ich frage mich jetzt, ob der Elefant aus Bagdad damals in Basel vorbeigekommen ist. Und ob man über Generationen von diesem Rüsseltier erzählt hat. Eine spannende Frage, findest du nicht?«

Wieder ein kurzes Meckern, das Klicken eines Feuerzeugs.

»Wir haben den Täter im Fall Debrunner.«

»Ach ja?«

Hunkeler merkte, dass ihn der Fall Debrunner überhaupt

nicht mehr interessierte. Und dass er auf dem Fliesenboden kalte Füße bekam.

»Interessiert es dich nicht?«, fragte Lüdi.

»Es geht so. Eigentlich nicht. Sollen sie sich doch die Köpfe einschlagen. Was geht mich das an?«

»Trotzdem will ich es dir sagen. Der Täter ist offenbar ein alleinstehender Rentner, der neben Debrunner wohnt und zwei Rottweiler hatte. Debrunner hat geklagt, und der Rentner musste die beiden Hunde weggeben. Das hat er ihm heimgezahlt, indem er ihm einen Backstein über den Kopf gezogen hat. Wir haben den Stein gefunden. Der Rentner hatte ihn im Gemüsegarten vergraben.«

»Hat er gestanden?«

»Nein, noch nicht. Aber es ist nur eine Frage der Zeit. Also, ich lasse dich jetzt bei deinem Elefanten. Und schlaf gut.«

Hunkeler trat vors Haus, um sich zu erleichtern. Er schaute hinauf zum Himmel. Ein unglaubliches Glitzern von Sternen hing dort oben.

Am Samstagmorgen fuhr Hunkeler nach Basel und parkte vor seiner Wohnung. Die Luft war geschwängert vom Duft der Glyzinien, die Straße voller Licht. Der Brunnen vorn an der Ecke plätscherte friedlich. Sein Trog war aus Kalkstein gehauen, mehreckig. Drei Röhren, aus denen Wasser floss. Daneben Bänke unter einer Platane, der einzige Ort im Viertel, wo sich ein Wanderer hinsetzen und ausruhen konnte. Zwei alte Frauen saßen da. Sie kamen wohl aus dem nahen Altersheim und genossen die Frühlingswärme. Hunkeler grüßte sie, worauf sie ihr Gespräch unterbrachen und ihn misstrauisch betrachteten. Als sie merkten, dass es nichts als ein freundlicher Morgengruß war, grüßten sie artig zurück.

Er spazierte weiter Richtung Burgfelderplatz. Im Garten vom Sommereck blühte ein Kastanienbaum. Er setzte sich an einen der roten Tische und betrachtete das Fresko, das die Rückwand der Gartenbeiz bedeckte und den Vierwaldstättersee zeigte mit den umstehenden Bergen. Von einigen wusste er den Namen, er hatte sie bestiegen. Wann war das gewesen? Vor vierzig, fünfzig oder sechzig Jahren? Rechts unten auf dem Bild ragte ein Fels aus dem Wasser. Das war der Schillerstein, den die Eidgenossenschaft Friedrich Schiller gewidmet hatte, dem Sänger Tells. Das Rütlilied kam ihm in den Sinn, das er in der Primarschule mitgekräht hatte: Von ferne sei herzlich gegrüßet, du stilles Gelände am See.

Es dauerte eine ganze Weile, bis Edi erschien. Er brachte einen Milchkaffee mit und das Zürcher Boulevardblatt.

»Was machst du da draußen?«, fragte er. »Warum kommst du nicht herein?«

»Weil der Frühling ausgebrochen ist. Merkst du das nicht? Du solltest hier aufräumen und die Tische saubermachen. Dann hättest du eine volle Gartenbeiz.«

»Bloß das nicht«, sagte Edi. »Was soll ich mit all den Leuten anfangen?«

»Bewirten und ein bisschen freundlich sein, damit es ihnen gefällt und sie wiederkommen.«

»Und dann regnet es bestimmt. Und ich habe umsonst eingekauft. Übrigens hätte ich einen feinen Beinschinken da, aus dem Wiesental. Nicht viel, aber für uns beide reicht es. Ja?«

»Nein«, sagte Hunkeler und nippte am Milchkaffee. »Heute nicht.«

»Was ist los mit dir?«

»Nichts. Ich habe einfach gute Laune.«

»Interessiert dich die Zeitung nicht?«

»Ich habe die ganze Woche keine Zeitung gelesen.«

»Du solltest aber.« Edi zeigte auf das Boulevardblatt. »Hier drin steht, dass deine Kollegen vom Kriminalkommissariat einen Unschuldigen tagelang in Untersuchungshaft haben schmoren lassen. Und dass sie den Fall Debrunner verschlampt haben. Dass das Kommissariat ein einziger Sauladen sei, der endlich ausgemistet gehöre. Was sagst du dazu?«

»Ich lese nur noch Bücher. Hast du schon mal von Abul Abbas gehört?«

»Wer ist das? Wieder so ein Terrorist?«

»Nein«, sagte Hunkeler und erhob sich. »Ein friedlicher Elefant.«

Er spazierte durch die Missionsstraße Richtung Innenstadt, vorbei am Park der Basler Mission. Ein riesiges Gebäude inmitten hoher Bäume. Er hatte keine Ahnung, wer dort arbeitete oder wohnte. Eine seltsame Idee, dachte er, von Basel aus die armen Heiden zu missionieren. Wem hatte diese Mission genützt? Den armen Heiden? Oder doch eher den Baslern? Das alte Gebäude zeugte jedenfalls von beträchtlichem Reichtum.

Beim Spalentor bog er nach links ab zum Petersplatz, wo Flohmarkt war. Langsam wanderte er zwischen den Ständen hindurch und betrachtete die ausgelegten Waren. Er fragte sich, was er hier eigentlich suchte. Als er zum Eingang der Universität kam, stellte er fest, dass der Kleinbus von Mustafa Barikla nicht dastand. Er setzte sich auf eine Stufe des Eingangs, dicht an der Mauer, damit er nicht auffiel. Eine Stunde saß er dort und betrachtete die Leute, die vorbeikamen. Bis es ihm zu blöd wurde.

Er ging zurück zum Spalentor und setzte sich in den hinteren Wagen des Dreiers Richtung Burgfeldergrenze. Er genoss die Fahrt im Tram. Das Rollen mitten auf der Straße. Die Durchsage der Stationen. Das Rattern der Räder über die Weichen auf dem Burgfelderplatz. Linker Hand das Einkaufszentrum, wo man zehn Sorten Brot und zwanzig Sorten Joghurt kaufen konnte, alles gesund und garantiert aus biologischem Anbau. Rechts die Poststelle. Weiter vorn der Kannenfeldpark, ein ehemaliger Friedhof mit dunklen, traurigen Büschen und Planschbecken und Rutschbahnen für die Kinder. Der ideale Ort für einen Rentner, alles war vorhanden, was ein alter Mann brauchte. Er beschloss, die junge Dame mit Kopftuch und Zimtduft zu vergessen und sich nur noch seinen Augen hinzugeben, dem Anblick, den ihm diese schöne Welt darbot.

Er betrat die Wirtschaft zur Alten Grenze und setzte sich an den Tisch bei der Theke. Der Raum war gut gefüllt. Es gab Makkaroni mit Gehacktem und Gurkensalat. Dazu bestellte er ein Glas Roten aus dem Markgräflerland.

Estelle stand hinter der Theke. Sie hatte alle Hände voll zu tun, die Getränke bereitzustellen. Sie erkannte ihn erst, als er sie breit angrinste. Sie errötete leicht. Dann beschloss sie, ihn anzulächeln.

Hunkeler nickte zufrieden. Offensichtlich hatte sie es geschafft.

Er holte die Boulevardzeitung, die an der Wand hing, und las den Artikel, von dem ihm Edi erzählt hatte. Ein gepfeffertes Pamphlet nicht nur gegen das Kriminalkommissariat, sondern auch gegen die Basler Volkssparkasse und gegen die Stadt Basel überhaupt. Sämtliche Vorurteile waren enthalten, von Eigendünkel und Arroganz bis hin zu Geldgier und Größenwahn.

Das alte Zürcher Lied eben. Denn Basel war eine erfolgreiche Stadt ennet dem Jura, die zwar seit fünfhundert Jahren zur Eidgenossenschaft gehörte, die aber auch mit dem Elsass und Baden-Württemberg verbandelt war. Und zwar, ohne die übrige Schweiz um Erlaubnis zu fragen. Zudem war es ein städtischer Halbkanton, der nichts mit den alten, bäurischen Mythen zu tun hatte. Da konnte es für ein Boulevardblatt nichts schaden, wieder einmal ein bisschen gegen die ungeliebte Stadt am Rheinknie zu schimpfen, wenn die Auflage am Sinken war.

Das verschlug Hunkeler den Appetit in keiner Weise. Er aß mit Genuss die Makkaroni. Zwischendurch schob er sich eine Gabel des lieblichen, sanften Gurkensalats in den Mund. Dann ein Schluck Markgräfler. Das passte.

Den Kaffee brachte ihm Estelle an den Tisch.

»Wie geht's?«, fragte er. »Setz dich kurz her.«

Sie schüttelte den Kopf.

»Ich muss mich hinlegen, sonst kippe ich gleich um. Das ist die reine Galeere hier. Strafarbeit. Immer rudern und rudern, bis man umfällt. Frau Seiler ist streng. Sie schimpft.«

»Ach so? Was hat sie gesagt?«

Jetzt lächelte sie ihn an, sichtlich stolz.

»Ich darf bleiben. Da staunst du, grand-père, n'est-ce pas?«

Sie drückte ihm einen Kuss auf die Wange und verschwand im Gang hinten.

Als sich die Wirtschaft geleert hatte, kam Paul Egloff an den Tisch.

»Was habt ihr eigentlich für Idioten angestellt auf dem Kommissariat?«, schimpfte er. »Ich hocke in Untersuchungshaft, bloß weil ich in Knoeringue einen Kaffee getrunken habe. Das ist reine Willkür. Wo leben wir eigentlich? In der DDR?«

»Es tut mir leid. Aber ich habe damit nichts zu tun.«

»Das sagen alle. Niemand will schuld sein. Und mein Lohnausfall? Und Schmerzensgeld? Wer bezahlt mir das?«

»Dafür musst du dich an die Staatsanwaltschaft wenden.«

»Dieser Scheißapparat produziert nichts als Leerlauf. Nichts als heiße Luft. Madörin, diese Arschpfeife, ist nicht nur blöd im Kopf. Er leidet auch noch unter einem ausgewachsenen Verfolgungswahn. Die Anarchisten sind an allem schuld. An der Verluderung der Banken, an der Korrumpierung der Politik. Vermutlich auch an der Maul- und Klauenseuche. Dabei hat er keine Ahnung, was Anarchie bedeutet. Er hält sich für einen aufrechten Eidgenossen. Aber dass die Eidgenossenschaft nur deshalb so gut funktioniert, weil sie dezentral, also anarchisch aufgebaut ist, weiß dieser Hohlkopf nicht. Alle Macht den Räten, das ist Anarchie, das ist die Schweiz. Genossenschaftlich denken, genossenschaftlich organisieren. Die Wiege der Eidgenossenschaft liegt in den alten Alp-Korporationen der Innerschweiz, die heute noch funktionieren. Möglichst viel Macht bei der Gemeinde. Selbstbestimmung in der kleinsten Einheit. Erst dann kommen Kanton und Bund. Wer war denn Wilhelm Tell? Ein Freiheitskämpfer, sagen die Politiker in Bern und meinen damit ihre eigene Freiheit, über das Volk zu bestimmen. Aber das ist falsch. Tell war ein Anarchist.«

Es war eine leidenschaftliche Suada, die sich über Hunkeler ergoss. Sie kam aus tief beleidigtem, verletztem Herzen. Hunkeler hörte interessiert zu. Dann erlahmte sein Interesse schlagartig, weil sich ein hauchzarter, aber eindeutiger Duft bemerkbar machte. Ein Duft nach Zimt.

Er erschrak. Er versuchte, sich zu beherrschen und nicht gleich aufzuspringen. Langsam drehte er den Kopf. Er sah eine junge Frau mit blauem Kopftuch hinter seinem Stuhl stehen. Sie kehrte ihm den Rücken zu und redete mit einem jungen Mann. Sie erklärte ihm etwas, sie gestikulierte mit beiden Händen. Hunkeler sah einen Rubinring an ihrem rechten Mittelfinger.

Er wandte den Blick wieder Egloff zu, als ob er ihm zuhören würde. Nur nicht dreinschießen jetzt, nur nichts kaputtmachen. Nach einer Weile sah er, wie die Frau mit dem jungen Mann hinausging. Sie hatte ihn nicht bemerkt.

»Wer war das?«, fragte er Egloff. »Die Frau, die eben hinausging, kennst du die? Weißt du, wie sie heißt?«

»Esther Lüscher«, sagte Egloff. »Warum interessiert dich das?«

»Weil sie so gut duftet.«

»Die duftet immer gut. Eine prima Lady. Sie studiert Medizin und ist im Vorstand der Genossenschaft Alte Grenze. Sie wohnt in der Nähe des Grenzübergangs an der Rodersdorferstraße in einer WG. Aber du hast mich unterbrochen.

Tell hat nicht für die Allgemeinheit geschossen. Er war ein Einzelgänger, eine Künstlerfigur. Der Starke sei am mächtigsten allein, hat er laut Schiller gesagt. Eine Dorfgemeinschaft zum Beispiel ist am mächtigsten und funktioniert am besten, wenn sie selber über ihr Dorf bestimmt. Werden die Dörfer und die Städte entmachtet, indem die Macht an den übergeordneten Staat übergeht, wird es gefährlich. Denn die Gebieter über diesen Staat versuchen zwangsläufig, die Macht allein auszuüben. Wenn ihnen das gelingt, und es gelingt ihnen fast immer, betrachten sie den Staat als ihren eigenen Besitz, mit dem sie tun und lassen können, was sie wollen. Aus den vormals freien Bauern werden dann lohnabhängige Arbeitersklaven, aus freien Bürgern rechtlose Soldaten, die als Menschenmaterial in mörderische Kriege getrieben werden. Wofür sich die sogenannten Staatenlenker in keiner Weise verantworten müssen, selbst nach einer Niederlage mit Millionen Toten nicht. Am Schluss dieser Entwicklung steht der Turbokapitalismus, der die gesamte Welt in ein einheitliches Finanzsystem eingliedert, das ehemals stolze, unabhängige Staaten mit einem Federstrich in den Ruin zwingen kann. Deshalb sind die heutigen Großbanken die erklärten Feinde jedes aufrechten Anarchisten. Ich kämpfe gegen sie, indem ich mich ihnen verweigere. Aber deswegen würde ich doch keinen Investmentbanker der Volkssparkasse abknallen. Weil hinter diesem Investmentbanker zehn andere lauern, begierig, seine Stelle zu übernehmen. Außerdem bin ich gegen jede Form von körperlicher Gewalt. Das alles habe ich Madörin zu erklären versucht. Aber da kannst du ebenso gut einem Stein in der Wüste Gobi predigen.«

Hunkeler grinste.

»Ich verstehe dich gut«, sagte er. »Deine Erkenntnisse sind wohl auch der Grund, dass du deine Produktivität und Arbeitskraft nur noch Genossenschaften zur Verfügung stellst.«

»Grinse nur, ich muss ja selber lachen über mich. Aber so ist es nun einmal. Ich bin in meiner Jugend Anarchist geworden, weil ich es richtig fand. Ich bin immer noch Anarchist, weil ich es immer noch richtig finde. Ich weiß natürlich, dass ich ein verwöhnter Dreck bin. Hier in Basel, im Auge des kapitalistischen Taifuns, lassen sie nicht einmal einen Anarchisten vor die Hunde gehen. Selbst die Operation meiner Katze würde mir von irgendeinem Sozialamt bezahlt, wenn ich denn eine Katze hätte. Das ist doch pervers.«

»Ich finde die Idee einer Genossenschaft überzeugend«, sagte Hunkeler. »Wie man sieht, funktioniert sie in dieser Wirtschaft bestens. Kann ich beitreten?«

»Aber gern. Nur einen Moment.«

Egloff erhob sich und holte hinter der Theke ein Blatt Papier.

»Hier steht alles drauf. Statuten, wer im Vorstand ist. Die Mitgliedschaft kostet zweihundert Franken im Jahr. Du erhältst Gutscheine, die in dieser Beiz einzulösen sind.«

Hunkeler warf einen kurzen Blick auf das Blatt. Richtig, der Name von Esther Lüscher stand drauf, samt Adresse und Handynummer.

»Danke«, sagte er. »Dann wäre ich also Genossenschaftler.«

Er wanderte zurück Richtung Innenstadt, er bog ab in den Kannenfeldpark. Er ging sehr schnell, obschon er es überhaupt nicht eilig hatte. Was hätte er tun sollen? Aufspringen, die junge Frau an den Händen packen und zur Rede stellen? Aber was hätte es genützt? Er war nicht mehr im Amt, hatte keine Beweise.

Er setzte sich auf einer Bank in die Sonne. Es war erstaunlich warm, fast schon heiß. Er schaute zu, wie gegenüber zwei Großmütter mit Kinderwagen miteinander redeten. Ihrer Kleidung nach kamen sie vom Balkan oder aus der Türkei. Sie unterbrachen sich nie, fiel ihm auf. Die eine redete, die andere ließ sie ausreden und hörte zu. Erst dann gab sie Antwort. Zwischendurch bewegten sie sanft die Kinderwagen, als wären es Wiegen.

Plötzlich schaute die eine auf, dann die andere, sie blickten direkt zu Hunkeler herüber. Beide verstummten, bewegten sich nicht mehr. Er sah Angst in ihren Augen.

Er spürte, wie ihm der Schweiß auf die Stirn trat. Was war los, zum Teufel? Hielten sie ihn für einen Polizisten? Für einen Schergen, der alte Frauen, die aus einem fremden Land kamen und sich vielleicht unerlaubterweise in Basel aufhielten, verhaften wollte?

Sie hatten ja recht, er war Polizist. Er war es jedenfalls gewesen. Sah man es ihm an? Was war anders an ihm als an andern Männern? Er wusste aus Erfahrung, dass fremde Ankömmlinge meist eine untrügliche Witterung für Leute seines Fachs besaßen. Hörte das denn nie auf? Einmal Polizist, immer Polizist?

Er versuchte zu lächeln. Er hob die linke Hand zum Gruß.

»Ein schöner Tag, nicht wahr?«, rief er hinüber. »Eine schöne Sonne.«

Er zeigte hinauf in den Himmel. Die beiden nickten. Dann riefen sie etwas, was er nicht verstand. Er erhob sich und ging dem Ausgang zu, auf wackligen Beinen.

Am Sonntagmorgen bereitete er im Elsass das Frühstück zu. Wasser aufsetzen, Teewasser für sich, Kaffeewasser für Hedwig. Eier kochen, Honig und Käse auf den Tisch stellen, Brot und Joghurt. Sonnenlicht fiel in die Küche, die beiden Katzen lagen auf dem Sims und wärmten ihr Fell.

Kurz nach neun kam draußen der Grünspecht angeflogen und krallte sich an den Stamm des halb verdorrten Birnbaums. Er erschien jeden Morgen auf die Minute genau. Eine grüne Schönheit mit rot leuchtendem Kopf.

Die Tür ging auf, Hedwig kam herein im blauen Morgenrock. Sie trottete schlaftrunken zum Tisch, setzte sich, goss sich Kaffee und einen Schuss Milch ein und trank. Dann klopfte sie sorgfältig ein Dreiminutenei auf.

»Bist du sicher«, fragte sie, »dass Moor nicht zurückkommt?«

»Ja. Die Nachbarin hat gesagt, er sei in der Wirtschaft in Knoeringue. Er wird dort bleiben.«

»Woher willst du das wissen?«

»Meine Nase sagt mir, dass er bald wieder zu malen beginnt. Was soll er sonst tun?«

Sie legte Ziegenkäse auf ein Stück Brot und biss hinein. Sie tat es sehr langsam, sie genoss die einfache, schöne Alltäglichkeit.

»Was sagt dir deine Nase über die junge Dame mit Kopftuch, die mit dem exquisiten Parfum?«

»Nicht viel«, sagte er. »Ich weiß nicht recht, was ich mit ihr anfangen soll.«

»Vielleicht wäre es am besten, du vergisst sie. Oder was meinst du?«

»Vielleicht, ja. Wenn ich es kann.«

»Im Grunde brauchst du einen neuen Beruf«, sagte sie nach einer Weile. »Sonst steckst du deine Nase dauernd in Sachen, die dich nichts mehr angehen.«

Er schüttelte unwillig den Kopf. Er redete nicht gern über seine Probleme, sie wusste das. Trotzdem zwang sie ihn hin und wieder dazu.

»Irgendein Hobby«, beharrte sie, »das dich interessiert und ausfüllt.«

Er grinste sie an, ziemlich frech. Obschon er wusste, dass er ihr nicht ausweichen konnte. Sollte er die Bienen erwähnen, den Gedanken, Imker zu werden? Oder Ziegenbauer?

»Ich denke viel an früher«, sagte er. »Vor allem an die Zeit an der Uni. Ich habe damals ein bisschen herumgeschnuppert in den verschiedenen Fächern. Es gab einen hervorragenden Professor, der über das Mittelalter doziert hat. Das interessiert mich noch heute brennend. Es gibt neuerdings phantastische Bücher darüber. Diese Leute wissen alles. Früher kannte ein Historiker bloß einen kleinen Ausschnitt jener Zeit, weil die alten Quellen verstreut in den Klosterbibliotheken herumlagen. Heute steht das alles im Internet. Die Historiker können es jederzeit abrufen und haben so den Überblick.«

Sie schaute ihn erstaunt an. Sie ließ aus einem Teelöffel Honig auf ein Stück Brot tropfen.

»Ich lese im Moment ein Buch über Otto von Freising«, erzählte er. »Freising liegt in Bayern, Otto war dort Bischof. Sie haben ihn 1126, als er vierzehn oder fünfzehn Jahre alt war, nach Paris geschickt, um an den verschiedenen Schulen der Stadt zu studieren. Mit großem Gefolge natürlich, er stammte aus dem Hochadel. In dem Buch wird beschrieben, wie Paris zu jener Zeit aussah. Notre Dame war noch nicht gebaut. Hingegen stand St-Julien-le-Pauvre am Ufer der Seine. In der Abtei St-Germain-des-Prés wurden schon im sechsten Jahrhundert die Merowinger-Könige begraben. Ich habe dir ja erzählt, dass ich mit zwanzig ein halbes Jahr in jenem Viertel gewohnt habe. Ich bin oft zu St-Julien-le-Pauvre spaziert, einfach deshalb, weil mir der Ort gefiel. Und auch zu St-Germain, immer kurz vor Mitternacht, ohne zu ahnen, dass dort Könige begraben worden waren. Das nächtlich schimmernde Gemäuer hatte es mir angetan. Eigentlich hätte ich das Buch über Otto von Freising schon damals besitzen müssen. Nur war es noch nicht vorhanden. Ich hatte mir in Paris einen Band von Apollinaire gekauft. Ich hatte ihn immer bei mir, wenn ich durch die Gassen ging. Wenn ich mich in ein Café setzte, habe ich darin gelesen. Es hieß *Ombre de mon amour* und enthielt Gedichte an die ferne Geliebte, geschrieben in den Schützengräben des Ersten Weltkriegs.«

Sie nickte und schob ihren Teller weg.

»Gut«, sagte sie, »wir fahren nach Paris.«

Von draußen war zu hören, wie eine Wagentür zugeschlagen wurde und ein Auto wegfuhr. Die Haustür ging auf, Estelle kam herein mit einem blond gelockten Jüngling.

»Das ist Jules«, sagte sie. »Ich habe ihn mitgenommen, weil er nicht weiß, wo er schlafen soll.«

»Bonjour«, sagte Jules.

»Setzt euch«, forderte Hedwig sie auf, »esst und trinkt. Ich koche gleich frischen Kaffee.«

»Non«, sagte Jules, »pas de café. Ich will schlafen.«

»Wer hat euch denn hergebracht?«, fragte Hunkeler.

»Irgendein Typ«, antwortete Estelle, »den wir in Kleinbasel kennengelernt haben. Schrecklich, diese Galeere in der Alten Grenze. Da bist du schon kaputt, bevor die Nacht richtig beginnt.«

»Gut«, sagte Hedwig, »legt euch hin. Ich hole euch Pyjamas.«

»Non«, sagte Jules, »pas de pyjama. Ich schlafe immer nackt.«

»Also«, sagte Estelle, »wir hauen uns hin. Bis später.«

Sie hörten, wie die beiden die Treppe hochstiegen.

Am Nachmittag lag Hedwig in der Wiese unter einem Zwetschgenbaum. Sie brauche Ruhe, hatte sie gesagt, sie wolle ein Buch lesen über Gender Studies. Als Hunkeler nachschauen ging, war ihr das Buch entglitten und ins Gras gefallen. Sie schlummerte friedlich.

Er stieg die Treppe hoch und öffnete leise die Tür zu Estelles Zimmer. Die beiden lagen umschlungen unter der Decke und schliefen tief.

Er ging wieder hinunter in den Gang und hob den Telefonhörer ab. Er wählte die Nummer von Lüdi.

»Ja Peter?«, sagte Lüdi. »Was verschafft mir die Ehre am heiligen Sonntagnachmittag?«

»Entschuldige, dass ich dich störe. Aber es lässt mir keine Ruhe.«

»Macht nichts. Rede.«

»Ich brauche dringend eine Information. Über Esther Lüscher, wohnhaft in der Rodersdorferstraße. Medizinstudentin, ungefähr 25 Jahre alt.«

»Esther Lüscher, sagst du?«

»Ja. Kannst du nachschauen, wer das ist? Woher sie kommt? Ob es irgendetwas Auffälliges gibt?«

»Das mache ich gern. Aber im Moment geht es nicht. Ich sitze mit meinem Freund vor der Coupole, in Montparnasse oben. Das ist in Paris, wie du weißt.«

»Ja natürlich«, sagte Hunkeler, der sich jetzt ziemlich blöd vorkam.

»Ruf morgen an«, sagte Lüdi, »wie immer um Mitternacht. Dann weiß ich Bescheid.«

»Danke, mein Engel. Und grüße mir deinen Joujou.«

Am andern Morgen blieb er lange in Hedwigs Bett liegen. Er schaute ihr zu, wie sie sich nach dem Klingeln des Weckers erhob und anzog, mit langsamen Morgenbewegungen. Er hörte ihre Geräusche aus der Küche, das Klappern der Tassen. Wie sie die Treppe hochstieg und mit dem jungen Paar, das offenbar nicht aufstehen wollte, schimpfte. Wer eine Nacht durchmachen könne, könne am Montagmorgen auch aufstehen. Um zehn müsse Estelle bei der Arbeit sein. Später hörte er die Haustür gehen und Hedwigs Auto wegfahren.

Jetzt war es still im Haus. Nur das Singen der Vögel draußen war zu vernehmen, Amsel, Blaumeise, Hausrotschwanz, Fliegenschnäpper.

Er dachte: Schön, dass ich nicht mehr muss. Und: Hoffentlich wird es keine große Geschichte mit Esther Lüscher.

Gegen elf fuhr er nach Basel. Er nahm den Weg über Knoeringue, um bei Stoller noch einen Kaffee zu trinken.

Der alte Moor saß am Stammtisch bei der Wirtin. Er hatte ein Glas Rotwein vor sich. Aber der rötliche Schleier über seinen Augen war weg. An der Wand hing eine Zeichnung auf weißem Papier. Eine Landschaft wohl, Grautöne, mit dem Bleistift zart hingehaucht.

»Schön«, sagte Hunkeler. »Sie malen also wieder. Und wie ich sehe, mit alter Meisterschaft.«

»Bloß eine Zeichnung«, erwiderte Moor. »Aber es geht auch so. Vielleicht kaufe ich in den nächsten Tagen Farben.«

»Das vergesse ich Ihnen nie«, sagte Frau Stoller zu Hunkeler. »Er hätte die Untersuchungshaft nicht überlebt. Ich bin sicher, er hätte sich erhängt.«

»Vielleicht«, sagte Moor. »Vielleicht aber auch nicht. Denn dann hätte ich nicht mehr malen können.«

»Reden wir nicht mehr davon«, sagte Hunkeler.

Um Mitternacht rief er Lüdi an.

»Ja Peter«, sagte der, »da hast du eine trübe Geschichte ausgegraben. Moment, ich bin gleich so weit.«

Ein kurzes Meckern, das Klicken eines Feuerzeugs.

»Hier, ich habe es aufgeschrieben. Esther Lüscher, geboren 1988, Tochter des Anton Lüscher aus Sumiswald und der Ingrid Lüscher-Weil, geboren 1958 in Basel. Deren Vater hieß Benjamin Weil und gehörte zu einer deutsch-jüdischen Familie, die am 15. Februar 1939 bei Riehen in die Schweiz geflüchtet ist. Zwei Personen dieser Familie sind an der Grenze zurückgewiesen worden. Mehr ist nicht vermerkt.«

Hunkeler schwieg.

»Hat es dir die Sprache verschlagen?«

»Ein Flüchtlingsdrama also«, sagte Hunkeler.

»Es scheint so. Eine traurige Zeit. Himmeltraurig. Und lange her. Warum interessiert dich das?«

Wieder schwieg Hunkeler.

»Medizinstudentinnen«, insistierte Lüdi, »die machen doch Nachtdienst in den Krankenhäusern und geben den armen Patienten, die nicht schlafen können, Schlafpillen.«

»Wie kommst du da drauf?«

»Etwas juckt mich im kleinen Finger. Wie du in der Sitzung vor einer Woche erklärt hast, dass du nichts mitbekommen hast von Fankhausers Tod. Ich habe dir das nicht geglaubt. Und die andern im Raum haben es dir auch nicht geglaubt.«

Wieder ein Meckern, das Inhalieren von Rauch.

»Könnte doch sein, oder nicht?«

»Ja, könnte sein. Ist aber nicht.«

»Pass auf, was du tust. Die Flüchtlingspolitik im Zweiten Weltkrieg ist vermintes Gelände. Aber du bist ja alt genug.«

»Ja, bin ich. Danke, mein Engel.«

Am andern Morgen um neun rief er Martina Ehringer in Bettingen an. Er ließ es vierzehnmal klingeln, bis sie abnahm.

»Ich bin der«, erklärte er, »der vor zwei Wochen im Landgasthof mit Ihnen Fleischsuppe gegessen hat. Ich habe mich nach Stephan Fankhauser erkundigt. Erinnern Sie sich?«

»Ja natürlich, Monsieur.«

»Ich möchte mich mit Ihnen unterhalten über den Zweiten Weltkrieg. Sie haben gesagt, dass Sie einiges gesammelt haben aus jener Zeit. Ich würde Sie gern einladen in den Landgasthof.«

»Das ist leider nicht möglich, Monsieur. Ich bin heute nicht gut zu Fuß. Kommen Sie doch zu mir heim, wenn es beliebt. Um drei Uhr, zum Tee.«

»Sehr gern«, sagte Hunkeler.

Die alte Dame wohnte in einem kleinen Bauernhaus unweit des Gasthofs. Sie führte ihn in die gute Stube. Auf dem Tisch lag ein weißes Tischtuch aus Leinen. Darauf stand feines Porzellan, mit Röslein verziert. Sie selbst trug eine schneeweiße Bluse. Sie schenkte Tee ein und wartete, bis er Zucker hineingerührt und den ersten Schluck getrunken hatte. Es war chinesischer Rauchtee von bester Qualität.

Sie zeigte auf eine Wand, die von kopierten Papieren bedeckt war, sauber aufgespießt mit Reißzwecken.

»Das hier ist mein Museum«, sagte sie. »Es ist mein Elternhaus. Eine Art Mausoleum. Das dort an der Wand sind Geschichten, die ich aufbewahrt habe, weil sich jemand daran erinnern muss. Sonst werden sie vergessen.«

Sie erhob sich, humpelte hin und tippte mit dem Stock auf einzelne Blätter.

»Jedes Blatt erzählt von einem Schicksal. Von Juden, die in die Schweiz fliehen wollten. Sie mussten ab 1938 ein großes, rotes J in ihre Pässe eintragen lassen. Und die Schweizer Grenzwacht hatte die Anweisung, Juden umgehend zurückzuschicken. Der Bundesrat in Bern hatte das so verfügt, allerdings ohne das Volk zu informieren.

Es waren aber auch andere Leute, die abgewiesen wurden.

Zum Beispiel polnische Zwangsarbeiter aus dem Wiesental. Die ließ man auch nicht herein. Noch kurz vor Kriegsende wurden in Lörrach drei Polen von der Gestapo erschossen. Erst in den letzten Kriegstagen ging für sie die Grenze auf. Damals kamen innerhalb weniger Tage 1500 Zwangsarbeiter über Riehen in die Schweiz.«

Sie redete wie eine Lehrerin in der Geschichtsstunde. Sie war bestens vorbereitet.

»Der Zettel dort oben links erzählt von einem Mann, der es gerade noch zum Zollposten Bettingen schaffte. Dort verlangte er nach der Letzten Ölung. Als er die von einem herbeigerufenen Geistlichen bekommen hatte, starb er. Später stellte sich heraus, dass er ein deutscher Priester gewesen war.«

»Woher haben Sie diese Berichte?«

»Ich habe den ganzen Kasten voll davon«, sagte sie und öffnete einen Schrank. Dort lagen, sorgfältig sortiert und abgelegt, Stöße von Papieren. »Ich habe jene Zeit natürlich nur halb bewusst miterlebt. Aber da ich ledig geblieben bin, hatte ich Zeit genug, die Leute zu fragen, wie es war. Ich habe auch die Leute in Lörrach und Inzlingen gefragt. Vor allem habe ich auf den Zollposten die Chroniken durchgelesen und kopiert, was mich interessiert hat.«

Sie setzte sich und schaute ihn erwartungsvoll an.

»Sie haben ja ein richtiges Archiv angelegt.«

Sie lächelte stolz.

»Ja. Nur leider interessiert sich kaum jemand dafür. Sie sind einer der wenigen. Trinken Sie noch einen Schluck?«

»Gern, danke.«

Sie schenkte ihm ein, wobei sie den Kannendeckel festhielt, damit er nicht hinunterfiel. Ihre Hände waren ganz ruhig.

»Ich interessiere mich für eine Familie Weil«, sagte er, »die am 15. Februar 1939 bei Riehen die Grenze überschritten hat.«

»Das stimmt nicht ganz. Ich habe diesen Fall in genauer Erinnerung. Die Familie Weil-Klein bestand aus fünf Personen. Aus dem jungen Ehepaar samt dem kleinen Sohn Benjamin und zwei alten Schwestern. Dem Ehepaar mit Benjamin gelang der Grenzübertritt. Den beiden alten Frauen gelang der Grenzübertritt nicht. Sie versuchten es als Erste. Sie liefen den Grenzwächtern in die Hände. Die haben sie auf den Zollposten gebracht, registriert und zurückgeschickt.«

Sie erhob sich, suchte eine Weile im Schrank, nahm ein Papier heraus und legte es auf den Tisch.

»Das ist ein Protokoll der Grenzwacht vom 15. Februar 1939. Es berichtet, dass auf dem Gebiet der Eisernen Hand zwei alte Frauen aufgegriffen wurden. Die Eiserne Hand ist ein Stück Land, das weit in deutsches Gebiet hineinragt. Dort haben es viele Flüchtlinge versucht. Die Grenzwacht hat das gewusst und aufgepasst. Die beiden Schwestern hießen Debora Weil-Klein und Mirjam Klein. Sie waren weit über siebzig.«

»Hat man später noch etwas von ihnen gehört?«

»Soviel ich weiß, nein. Wer zurückgeschickt wurde, geriet zwangsläufig in die Fänge der Gestapo. Den drei anderen, dem Ehepaar und dem kleinen Benjamin, gelang dann der Grenzübertritt, weil die Grenzwächter mit den beiden Frauen beschäftigt waren.«

»Sie haben sich also geopfert, um den Weg frei zu machen«, sagte Hunkeler.

»Das könnte sein, ja. Über das Ehepaar Weil-Kahn habe ich nichts Schriftliches. Was ich weiß, habe ich von der alten Bäckersfrau Weber. Sie ist längst gestorben, die Bäckerei gibt es nicht mehr.

Die junge Familie gelangte ins Dorf und betrat auf gut Glück die Bäckerei. Sie waren erschöpft und durchfroren, hat Frau Weber erzählt. Sie hat die drei nach hinten in die Backstube genommen, um sie aufzuwärmen und ihnen zu essen zu geben. Und wohl auch, um sie zu verstecken. Wenn die drei den Grenzwächtern in die Hände gefallen wären, wären vermutlich auch sie zurückgeschickt worden. Denn die Grenzwacht unterstand dem Bund und nicht dem Kanton.

Damals hieß der Chef der eidgenössischen Fremdenpolizei Heinrich Rothmund. Er hatte, mit Rückendeckung des zuständigen Bundesrats Johannes Baumann, die Weisung erteilt, möglichst keine jüdischen Flüchtlinge ins Land zu lassen. Das waren Schreibtischtäter, die gegen die »Überfremdung und ganz besonders gegen die Verjudung der Schweiz« kämpften, wie Rothmund schrieb. Sie waren weit weg vom Schuss in Bern. Sie haben die Flüchtlinge nicht gesehen. Sie wollten sie einfach weghaben. Aus den Augen, aus dem Sinn. Wobei man der historischen Wahrheit zuliebe anmerken muss, dass die großen Vernichtungslager im Osten damals noch nicht gebaut waren.

Mit dieser unmenschlichen, rassistischen Flüchtlingspolitik des Bundes war man in Basel nicht einverstanden. Damals war der Sozialdemokrat Fritz Brechbühl Chef der Basler Polizei. Er war Verdingbub gewesen und kannte sich aus in Not und Elend. Er hat, gestützt durch den mehrheitlich linken Gesamtregierungsrat, befohlen, dass Flüchtlinge, die von der Polizei aufgegriffen wurden, nur mit seiner Einwilligung zurückgeschickt werden durften. Das wusste man in Riehen. Auch Frau Weber hat es gewusst. Sie hat dafür gesorgt, dass das Ehepaar Weil und Sohn Benjamin in den Lohnhof gebracht wurden. So durften sie bleiben.«

»Zum Kotzen ist das alles«, sagte Hunkeler. »Entschuldigen Sie bitte meine Ausdrucksweise. Aber es ist nicht auszuhalten.«

»Nein«, sagte die alte Dame und lächelte freundlich, »ich finde es nicht nur zum Erbrechen. Ein bisschen kann man auch stolz sein auf Basel. Die Stadt hat dem Druck aus Bern weitgehend standgehalten. In Basel hat man das Flüchtlingselend direkt vor Augen gehabt. Es ist einfach, einen Flüchtling mit einem Federstrich abzuweisen. Wenn man ihn vor sich hat, ist es nicht mehr so einfach.«

Sie lächelte ihn wieder an. Sie genoss es, dass ihr jemand zuhörte.

»Der Kampf gegen die Weisungen aus Bern hat sich weitergezogen. Es ist ein paarmal zu einem üblen Geschacher gekommen. Der Bund hat auf seiner Weisungsbefugnis bestanden. Die eidgenössische Fremdenpolizei hat nicht dulden wollen, dass Basel eigenmächtig Flüchtlinge aufnahm. In einem Fall hat sie verlangt, dass aus einer jüdischen Flüchtlingsgruppe wenigstens ›sechs jüngere ohne Anhang‹, wie sie schrieb, zurückgeschickt würden. Auch darauf ist Fritz Brechbühl nicht eingegangen. Hier, ich zeige Ihnen etwas. Lesen Sie das.«

Sie humpelte wieder zum Schrank und holte ein Blatt.

»Das hier ist ein Bericht der Basler Fremdenpolizei an ihren Departementsvorsteher. Er stammt vom 15. März 1939.«
Hunkeler las.

Unserer in Emigrantenfragen seit Bestehen der Emigration aus Deutschland rücksichtsvollen Praxis folgend, haben wir die von der eidgenössischen Fremdenpolizei gewünschten Rückstellungen über die deutsche Grenze nicht ausgeführt. Wir haben uns in allererster Linie von rein menschlichen Überlegungen leiten lassen. Wer mit der Behandlung des Emigrantenproblems direkt zu tun hat, sieht jedenfalls ohne weiteres ein, dass die Überstellung dieser 140 Menschen nicht durchführbar ist, ganz abgesehen davon, dass das Basler Volk eine solche Praxis seiner Fremdenpolizei scharf verurteilen würde, weil sie der traditionellen Hilfsbereitschaft der Stadt Basel widerspricht. Mit unserer humanen Praxis sind wir jedenfalls den Intentionen unseres Herrn Departementsvorstehers und des Regierungsrates gefolgt.

»Ich lebe jetzt schon mehrere Jahrzehnte in Basel«, sagte Hunkeler. »Ich lebe gern hier. Und nachdem ich diesen Text gelesen habe, lebe ich noch lieber hier.«
Er hob die Tasse zum Mund und schlürfte sie leer. Die Tasse lag federleicht in seiner Hand.
»Wieso weiß man nichts von diesem Text?«, fragte er.
»Weil niemand gern darüber redet. Weil man vergessen will.«
Er stellte die Tasse ab und überlegte eine Weile.
»Wie hieß eigentlich der Grenzwächter, der das Protokoll

vom 15. Februar 1939 unterschrieben hat? Ich kann diese alte Schrift nicht lesen.«

»Das war Steffis Vater Joseph Fankhauser.«

»Hat sich in der letzten Zeit sonst noch jemand außer mir für dieses Protokoll interessiert?«

Sie nickte.

»Ja. Das war vor ungefähr einem Jahr. Eine Geschichtsstudentin, die eine Arbeit über die Flüchtlinge in Riehen schreiben wollte. Sie hat gesagt, sie schicke mir ihren Text. Sie hat mir aber nichts geschickt.«

»Können Sie sich an ihren Namen erinnern?«

»Ja natürlich, Monsieur. Sie hieß Esther Lüscher.«

»Dann danke ich Ihnen vielmals. Sie haben mir sehr geholfen.«

»Das ist sehr gerne geschehen.«

Sie führte ihn, auf den Stock gestützt, hinaus.

Auf dem Heimweg parkte Hunkeler beim Rheinbad St. Johann auf der Großbasler Seite. Das Bad lag bereits im Schatten. Draußen auf dem Strom aber glitzerte noch das Licht, und das Kleinbasler Ufer lag voll in der Sonne.

Der Fluss führte viel Wasser. Schneewasser, wie jedes Frühjahr, 13 Grad kalt. Trotzdem schlüpfte er in die Badehose und legte sich Kopf voran in die Flut, die ihn wie ein Mantel aus Eis umfasste. Er ließ sich ein Stück weit treiben, ohne zu atmen. Mal sehen, dachte er, wer stärker ist, die kalten Finger des Todes oder mein warmes Herz. Schwach vernahm er die Geräusche vom Grund des Flusses, wo die Kiesel meerwärts geschoben wurden. Ein feines, silbernes Rieseln.

Bei der zweiten Treppe stieg er wieder an Land, schüttelte sich die Tropfen vom Leibe und trocknete sich ab. Das war gut gewesen, dieses Einswerden mit dem Fluss. Dem Strom, der den Schnee der Gebirge mit dem Salzwasser des Ozeans verband. Auch wenn nur ein kurzer Aufenthalt darin möglich war.

Er holte sich am Kiosk einen heißen Kaffee und setzte sich an ein Tischchen. Er hörte dem Rauschen des Rheins zu, dem er soeben entstiegen war.

Zu Hause wählte er die Nummer von Esther Lüscher. Es meldete sich der Beantworter.

»Frau Lüscher«, sprach Hunkeler aufs Band, »hören Sie mir bitte zu. Ich bin der alte Kommissär, der im Sterbezimmer von Stephan Fankhauser lag. Ich bin in Rente, habe also keine Amtsbefugnis mehr. Zudem ist Stephan Fankhauser längst bestattet. Ich will nichts von Ihnen, außer mit Ihnen reden. Ich weiß zwei Dinge. Erstens, dass Debora Weil-Klein, von der ich annehme, dass sie Ihre Ururgroßmutter war, zusammen mit Mirjam Klein, die Ihre Ururgroßtante war, im März 1939 in Riehen über die Grenze zurückgeschickt wurde. Und ich weiß, dass der verantwortliche Grenzwächter Joseph Fankhauser war, der Vater von Stephan Fankhauser.«

Hier machte er eine Pause. Dann setzte er neu an.

»Ich flehe Sie an, reden Sie mit mir. Sonst finde ich meinen Seelenfrieden nicht.«

Jemand nahm ab. Es meldete sich eine junge, helle Frauenstimme.

»Was wollen Sie von mir?«

»Mit Ihnen reden.«

»Gut, meinetwegen, Sie verdammter Dickschädel. In einer Stunde in der Linde, auf Französisch Tilleul. Ein paar hundert Meter ennet der Burgfeldergrenze.«

Sie legte auf.

Er machte sich auf den Weg, zu Fuß. Er wanderte die Burgfelderstraße hinaus Richtung Elsass. Am Kannenfeldpark vorbei, an der Alten Grenze. Rechts stand die neu erbaute Alterssiedlung mit Wohnungen für die alten Leute, die noch geradeaus laufen und aus eigener Kraft eine Büchse Erbsen in die Pfanne kippen konnten. Eine Art Vorhölle zur Hölle Altersheim, dachte er und beschleunigte den Schritt. Noch war er flink auf den Beinen und entschlossen, dem Tod von der Schippe zu springen.

Links zweigte die Theodor-Herzl-Straße ab, die zum Israelitischen Friedhof führte. Dann kam der Grenzübergang, nur von französischer Seite her befahrbar. Er war wie meist unbesetzt. Es folgten die niederen Elsässer Häuschen, beschienen von der tiefen Abendsonne.

Der Garten der Linde war offen, was eine Seltenheit war. Die Elsässer saßen lieber drinnen in der Wirtsstube. Er bestellte einen Kaffee und wartete, in tiefster Seele verunsichert und nervös wie ein Konfirmand.

Sie kam angeradelt auf einem roten Bike. Sie trug kein Kopftuch, er sah ihr schönes, schwarzes Haar. Sie setzte sich mit grimmiger, böser Miene. Er roch ihr Parfüm, einen Hauch von Zimt.

»Also, was wollen Sie?«

»Wollen Sie nicht erst etwas trinken?«, fragte er.

»Nein. Reden Sie.«

»Ich habe Ihnen auf dem Telefonbeantworter gesagt, was

ich alles weiß. Ich nehme an, dass für Stephan Fankhauser ein kurzer, schmerzloser Tod eine Erlösung war. Trotzdem, aktive Sterbehilfe ist, soviel ich weiß, im Krankenhaus nicht gestattet. Und das war mehr als aktive Sterbehilfe. Fankhauser hat versucht, sich zu wehren.«

»Glauben Sie im Ernst, dass ich weiß, wovon Sie reden?«

»Ja, das glaube ich.«

Sie wollte sich erheben, aber sie zögerte. Sie blieb.

»In jener Woche«, sagte er, »hatte Lydia Siegenthaler Nachtdienst. Sie trug stets, wie Sie, ein Kopftuch. Sie hat Ihre Größe. Aber sie hat andere Augen. Sie trägt einen anderen Ring. Und sie duftet nicht nach Zimt. Deshalb habe ich es gemerkt.«

Ein Blick aus grünlich grauen Augen. Er hatte diesen kalten Blick schon einmal gesehen.

»Ich habe Lydia Siegenthaler vertreten in jener Nacht«, sagte sie, »weil sie zu einer Geburtstagsparty wollte. Wir haben es nicht gemeldet, weil sie im Merian-Iselin-Spital immer gleich ein Büro aufmachen, wenn man etwas ändern will. Es ist niemandem aufgefallen. Außer Ihnen. Verboten ist eine Vertretung unter Kolleginnen nicht.«

»Aber es ist verboten, einen Sterbenden gegen seinen Willen in den Tod zu spritzen.«

Sie lächelte ihn an, zuckersüß.

»Hat das denn jemand getan?«

»Ja, da bin ich mir sicher.«

»Warum haben Sie denn keine Anzeige erstattet?«

»Ich habe am andern Morgen den Arzt gefragt, wer Nachtdienst hatte. Er hat gesagt, es sei Lydia Siegenthaler gewesen. Alles sei korrekt abgelaufen. Ich hatte nichts in der Hand, keine Beweise. Nur eine Erinnerung kurz vor dem Abtauchen in den Tiefschlaf. Eine Halluzination möglicherweise. Das hat mich verunsichert. Jetzt weiß ich, dass es keine Halluzination war.«

»Ach so, das meinen Sie mit Seelenfrieden. Ich wünsche Ihnen einen schönen Abend.«

Sie erhob sich.

»Moment«, sagte er, »ich bin noch nicht fertig.«

Er suchte in der Tasche nach Zigaretten, fand eine und steckte sie an.

»Nervös, was?«, fragte sie.

»Ja, natürlich. Was meinen Sie denn? Ich schäme mich doch für die Flüchtlingspolitik des Bundesrats im Zweiten Weltkrieg. Sie ist und bleibt eine Schande für die Schweiz. Es ist nicht leicht, als Nachgeborener damit zu leben.«

»Jetzt fangen Sie aber nicht auch noch an zu weinen. Das ist ja lächerlich.«

Sie strich sich mit der Hand übers Haar. Sie war richtig wütend.

»Woher haben Sie den Rubin an Ihrem Finger?«, fragte er.

»Von einer Frau, die meine Ururgroßmutter war. Sie hat, bevor sie sich auf den Weg über die vermeintlich rettende Grenze machte, diesen Ring ihrem Sohn gegeben mit dem Auftrag, ihn jeweils an die älteste Tochter weiterzureichen. Da er keine Tochter bekam, gab er ihn weiter an seinen Sohn Benjamin. Der hat ihn seiner Tochter Ingrid Lüscher-Weil übergeben. Und ich bin die älteste Tochter von Ingrid. Und etwas will ich Ihnen sagen. Ich halte nichts von christlicher Nächstenliebe. Was diese Nächstenliebe wert war, hat man im Zweiten Weltkrieg gesehen. Das waren alles Christen, die gemordet und gewütet haben. Und wenn jemand zwei alte Frauen zurück in den Tod schickt, verzeihe ich das nicht.«

»Aber es war nicht Stephan Fankhauser, der sie zurückgeschickt hat. Sondern sein Vater. «

»Gottes Rache dauert, wie Sie vielleicht wissen, bis ins dritte und vierte Glied.«

Hunkeler erblasste bei diesen Worten. Er schüttelte den Kopf, ganz langsam, mehrmals hintereinander. Dann fragte er:

»Was haben Sie eigentlich nach der Trauerfeier von Stephan Fankhauser auf der Empore des Münsters gemacht?«

Jetzt wurde sie blass. Sie versuchte, sich zu fassen. Es gewann ihr Stolz.

»Ich habe das Münster gesegnet. Weil die Stadt Basel 1939 meine Urgroßeltern und meinen Großvater aufgenommen hat. Sonst würde ich nicht mit Ihnen hier am Tisch sitzen. So, das wär's. Lassen Sie mich bitte in Zukunft in Ruhe.«

Sie erhob sich, schwang sich auf das Bike und fuhr davon.

Hunkeler saß mit Hedwig im Zug nach Paris. Er hatte darauf bestanden, einen gewöhnlichen train direct zu nehmen und nicht den TGV. Er wolle etwas haben von der Reise. Aus dem Fenster schauen und die Landschaft vorbeigleiten sehen. Die Ruinen der alten Befestigungsanlagen von Belfort. Die Kirche von Ronchamp, auf die nur ein kurzer Blick möglich war, inmitten der bewaldeten Hügel. Die weite Ebene von Vesoul, die dunklen Mauern von Troyes. Dann die Einfahrt im Norden von Paris, rechts oben die Kuppeln der Sacré-Cœur. Das sei nicht möglich im rasenden TGV, da werde es einem schwindlig und sturm, wenn man hinausschaue.

Sie hatten sich in das Zugrestaurant gesetzt, aßen Croque Monsieur und tranken Kaffee. Links oben auf einem langgestreckten Berg leuchtete weiß die Kathedrale von Langres im Nachmittagslicht.

Hedwig saß da wie eine schnurrende Katze.

»Das sollten wir öfter tun«, sagte sie. »Wir werden das Musée de Cluny besuchen und uns den Basler Heinrichs-Altar anschauen. Wir werden zu St-Julien-le-Pauvre gehen und eine Kerze anzünden. Wir werden im Louisiane herrlich schlafen.«

Hunkeler nickte. Ja, das würden sie tun.

»Was ist eigentlich mit deiner Zimtdame?«, fragte Hedwig. »Hast du etwas herausgefunden?«

»Es hat sich erledigt. Es war wohl eine Halluzination.«

Sie glaubte ihm nicht ganz, schaute ihn misstrauisch an.

»Doch«, sagte er, »das ist vorbei und vergessen.«

Er holte die Musikdose aus der Tasche, zog sie auf und legte sie auf den Tisch. Dann ließ er sie laufen. Es erklang, fein hingetupft, eine Musette. Er summte leise mit.

Hansjörg Schneider im Diogenes Verlag

Das Wasserzeichen

Roman

Ende der dreißiger Jahre kommt in einem Schweizer Dorf ein Junge zur Welt, der an seinem Hals eine kiemenartige Öffnung aufweist. In seiner Kindheit findet man Moses Binswanger häufiger in den Bächen und Tümpeln der Umgebung als in seinem tristen Elternhaus.
Ins Wasser zieht sich Moses auch zurück, wenn er es unter den Menschen nicht mehr aushält, die ihm mit einer Mischung aus Abscheu und Faszination begegnen. Fasziniert von seiner Wunde zeigen sich vor allem die Frauen. Doch Moses muss erfahren, dass die Liebe ein gefährlicher Strudel ist, der die Liebenden in die Tiefe zu reißen droht – ist Moses Binswanger ein Mörder, eine Gefahr für die Öffentlichkeit?

»So schön, so genau, so sinnlich klar kann Schneider erzählen.«
Beatrice von Matt / Neue Zürcher Zeitung

Nachtbuch für Astrid

Von der Liebe, vom Sterben, vom Tod und von der Trauer darüber, den geliebten Menschen verloren zu haben

»Ich habe beim Verfassen dieses Berichts nicht groß auf stilistische Feinheiten geachtet, ich habe auf Authentizität geschaut. Es ist ein Tagebuch meiner Trauer. Ich könnte Astrid auch einen Stein setzen. Aber da ich nicht Steinmetz bin, sondern Schriftsteller, schicke ich ihr dieses Buch nach in den Tod.«
Als seine Frau Astrid 1997 an Krebs starb, hatten sie und Hansjörg Schneider über dreißig Jahre zusammen-

gelebt. »Die Wahrheit wird sein, dass wir uns von Anfang an geliebt haben, ein Leben lang.« Nach ihrem Tod führte Hansjörg Schneider ein Jahr lang ein Tagebuch. Entstanden ist ein persönliches Buch über eine große Liebe.

»Einerseits ist *Nachtbuch für Astrid* die Beschreibung der existentiellen Krise des verlassenen, überlebenden Ehepartners. Interessant wird es vor allem dadurch, dass es mehr vom Glück der Liebe erzählt als vom Schmerz über den Tod.«
Carsten Hueck / Der Tagesspiegel, Berlin

»Hansjörg Schneiders intimes Zeugnis seiner Trauer ist ein Geschenk, ein Lobpreis der Liebe und eine Versöhnung mit dem Sterbenmüssen. Es hat die Kraft zu trösten.« *Stefan Seidel / Der Sonntag, Leipzig*

Nilpferde unter dem Haus

Erinnerungen, Träume

Über einen Zeitraum von zehn Jahren hinweg hat Hansjörg Schneider Tagebuch geführt. Er notiert Lektüren, Begegnungen, Projekte. Er hält die Glücksmomente fest, die der Tag bringt, und die Alpträume, die ihn in der Nacht heimsuchen. Und immer wieder führt die dichteste Gegenwart zurück in die Vergangenheit, die ihn nicht loslässt: seine Jugend im sinnenfeindlichen Mief der fünfziger und sechziger Jahre, das Leben mit seiner verstorbenen Frau Astrid, seine Erfolge und Niederlagen als Schriftsteller. In der direkten, klaren Sprache, die seine Leser aus den *Hunkeler*-Romanen schätzen, protokolliert Hansjörg Schneider sein Leben – schonungslos gegen sich und die Welt, berührend und mit lakonischem Humor.

»Ich beobachte mit Vergnügen, wie ein Autor Alltag in Literatur verwandelt. Schneider kann das meisterhaft.« *Dieter Forte*

Die *Hunkeler*-Romane:

Silberkiesel

Hunkelers erster Fall

Roman

Die Jagd nach Diamanten, die der Drogenmafia gehören, hält Kommissär Hunkeler in Atem.
Ein libanesischer Kurier entledigt sich seiner Ware, bevor die Polizei zugreifen kann. Gefunden werden die Diamanten von einem Kanalarbeiter, der das ihm zugefallene Glück nicht mehr hergeben will. Doch der Kurier setzt alles daran, sie zurückzuerobern...
Mit diesem Fall betritt Kommissär Peter Hunkeler aus Basel die literarische Bühne.

»Dieser Silberkiesel ist fürwahr ein kleiner Diamant.«
Susanne Schaber / Die Presse, Wien

Verfilmt mit Mathias Gnädinger
als Kommissär Hunkeler

Flattermann

Hunkelers zweiter Fall

Roman

Hochsommer in Basel. Nach seinem morgendlichen Bad im Rhein wird Kommissär Hunkeler Zeuge, wie von der Johanniterbrücke ein Mann in den Fluss stürzt. Auf den ersten Blick scheint es ein Selbstmord zu sein.
Doch Hunkeler zweifelt daran und geht den Spuren des Flattermanns nach. Sie führen ihn selbst an den Rand der Legalität und in die Tiefen seiner eigenen Geschichte.

»Hansjörg Schneiders Krimis machen süchtig.«
Benedikt Scherer / Tages-Anzeiger, Zürich

Das Paar im Kahn

Hunkelers dritter Fall

Roman

Eine junge Türkin wird ermordet aufgefunden, ihr Gesicht ist entsetzlich zerschnitten. Offenbar hat ihr Mann sie aus Eifersucht getötet – wenige Stunden später erhängt er sich in der Zelle.
Doch Kommissär Hunkeler mag an eine so einfache Lösung des Falles nicht glauben und recherchiert weiter. Was ist das Motiv für diesen grausamen Tod im Basler St. Johann-Quartier? Tatsächlich Eifersucht und Ehre? Oder hat die türkische Mafia etwas damit zu tun?

»Hunkeler ist der würdige Nachfolger von Wachtmeister Studer und *Das Paar im Kahn* einer der atmosphärisch dichtesten Krimis der letzten Zeit.«
Die Welt, Berlin

Verfilmt mit Mathias Gnädinger
als Kommissär Hunkeler

Tod einer Ärztin

Hunkelers vierter Fall

Roman

An einem heißen Montag im Sommer erhält Kommissär Hunkeler einen dringenden Anruf von der Sprechstundenhilfe seiner Hausärztin: Frau Dr. Christa Erni liegt ermordet in ihrer Praxis.
Schnell ergeben sich Verdachtsmomente gegen eine Gruppe Drogenabhängiger, die von der liberalen Ärztin mit Methadon versorgt worden waren. Aber Hunkelers Instinkt für die Abgründe der menschlichen Psyche führt ihn untrüglich auf andere Fährten.

Verfilmt mit Mathias Gnädinger
als Kommissär Hunkeler

Hunkeler macht Sachen

Der fünfte Fall

Roman

Es ist bereits nach Mitternacht, als der leicht angetrunkene Kommissär Hunkeler auf seinem Nachhauseweg in Basel den alten Hardy auf einer Bank sitzen sieht. Er möchte mit ihm eine Zigarette rauchen, aber der sonst so gesprächige Hardy bleibt stumm – seine Kehle ist eine klaffende Wunde. Medien und Polizei sind sich rasch einig: Hinter dem Mord steckt eine mafiöse Schmugglerbande aus Albanien. Doch Hunkeler geht seiner Intuition nach und gerät ins Basler Rotlichtmilieu und in dunkle Abgründe der jüngeren Schweizer Geschichte.

»Kein Wort zu viel, aber auch keines zu wenig.«
Sonja Kolb / Rheinische Post, Düsseldorf

Verfilmt mit Mathias Gnädinger
als Kommissär Hunkeler

Hunkeler und der Fall Livius

Der sechste Fall

Roman

Das neue Jahr beginnt für Kommissär Peter Hunkeler mit einem schauerlichen Fall: In einem Schrebergarten am Stadtrand von Basel wird eine übel zugerichtete männliche Leiche gefunden. Auf der Suche nach dem Mörder muss sich der launische Kommissär nicht nur mit streitsüchtigen Hobbygärtnern, sondern auch mit den Widrigkeiten der grenzüberschreitenden Polizeiarbeit auseinandersetzen. Der Fall wird immer rätselhafter, als Hunkeler auf Verdrängtes aus dem Zweiten Weltkrieg stößt: Was genau geschah im Februar 1943 im elsässischen Ballersdorf, und was hat es mit diesem Fall zu tun?

»*Hunkeler und der Fall Livius* ist in meiner Lesart ein Buch über eine Grenze, und zwar ein sehr gutes.«
Franz Schuh / Literaturen, Berlin

Verfilmt mit Mathias Gnädinger
als Kommissär Hunkeler

Hunkeler und die goldene Hand

Der siebte Fall

Roman

Peter Hunkeler liegt im Außenbecken des Seebads in Rheinfelden und kuriert sein Rückenleider, als die Leiche eines Kunsthändlers aus Basel vorübertreibt. Der Kommissär beginnt zu ermitteln und taucht ein in eine Welt des illegalen Kunsthandels, in der Erfolg und Verbrechen kein Widerspruch sind. Die Spur führt ihn schließlich zur sagenumwobenen ›goldenen Hand‹ Rudolfs von Rheinfelden, für die sich einige Leute zu interessieren scheinen …

»Naturbelassen bodenständig bewegt sich das Personal durch jene schöne mitteleuropäische Gegend zwischen Schwarzwald, Vogesen und Jura, wo man schon immer nachbarschaftliche Querelen über die Grenzen hinweg in zweieinhalb Sprachen austrug. So prismatisch und spitzbübisch schillern auch die *Hunkeler*-Krimis allesamt.«
Günther Grosser / Berliner Zeitung

Hunkeler und die Augen des Ödipus

Der achte Fall

Roman

Wo steckt der Theaterdirektor Bernhard Vetter? Sein Hausboot ist herrenlos beim Stauwehr von Märkt aufgefunden worden, von ihm selbst fehlt jede Spur. Und das wenige Tage nachdem eine Inszenierung von König Ödipus in Basel die Gemüter erhitzt hat. Kommissär

Peter Hunkeler steht sechs Wochen vor der Pensionierung. Aber ist er bereit, von der Bühne abzutreten? Mit gemischten Gefühlen taucht er ein ins Theatermilieu, zu dem er als junger Mann selbst gehört hat.

»Gemütlich und mit viel Spaß am Basler Lokalkolorit erzählt. Sympathisch schrulliger und intelligenter Kriminalroman.«
Wolfgang Höbel / KulturSpiegel, Hamburg

Verfilmt mit Mathias Gnädinger
als Kommissär Hunkeler

Hunkelers Geheimnis

Der neunte Fall

Roman

Peter Hunkeler, inzwischen pensionierter Kommissär des Kriminalkommissariats Basel, ist nach einer Operation im Krankenhaus und teilt das Zimmer mit einem alten Bekannten: Stephan Fankhauser, einer schillernden Figur. Einst ein wilder Achtundsechziger, ist er im Laufe der Jahre durch die Institutionen marschiert und Leiter einer Bank geworden, der Basler Volkssparkasse. Nun ist er schwer krank.
Eines Nachts, Hunkeler hat bereits ein Schlafmittel erhalten, beobachtet er, wie eine Krankenschwester mit einem Rubinring an der Hand dem Zimmernachbarn eine Spritze setzt. Merkwürdig nur, dass Fankhauser sich so heftig dagegen wehrt. Und trug die Nachtschwester sonst nicht immer einen Diamantring?
Am nächsten Morgen, als Hunkeler aufwacht, ist Fankhauser tot. Hat Hunkeler alles nur geträumt? Er ist sich nicht sicher, aber er ist entschlossen, der Sache auf den Grund zu gehen.

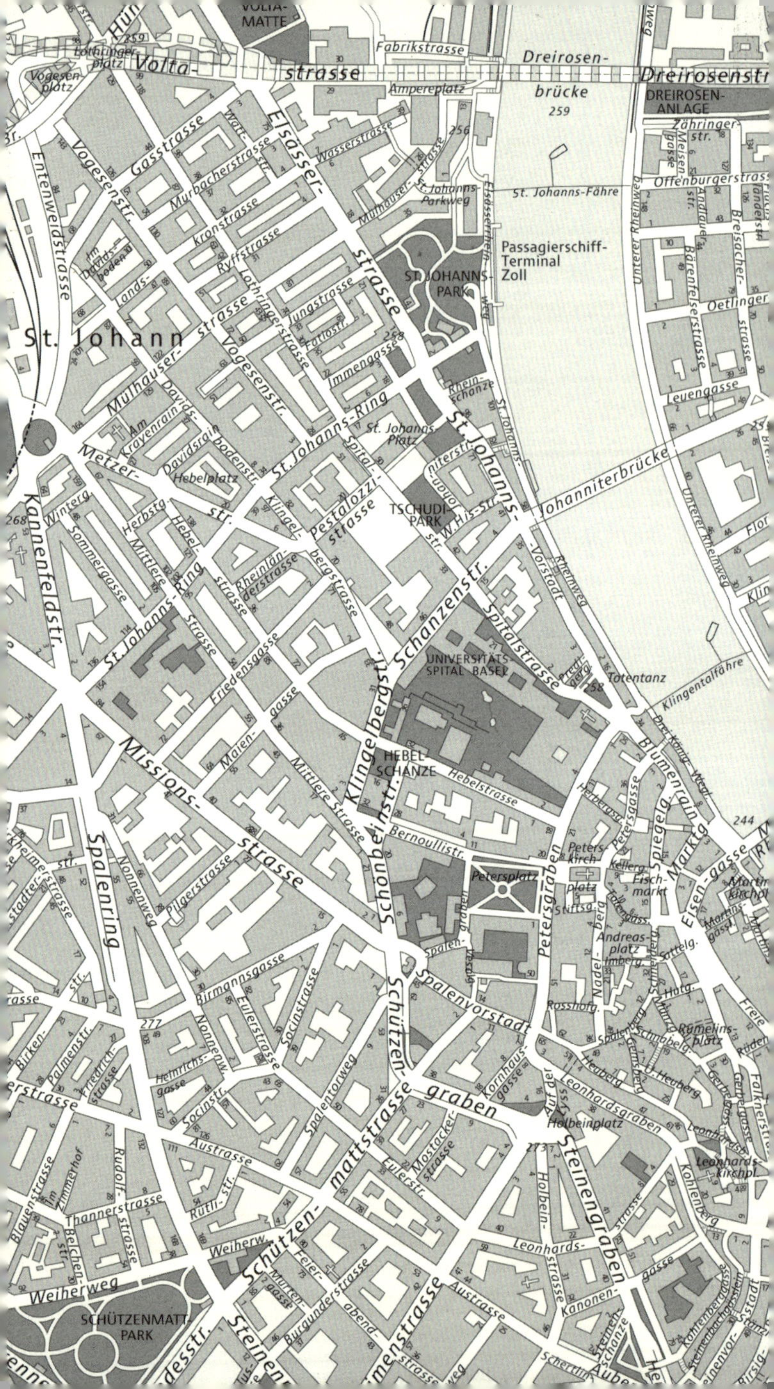

VOLTA-MATTE
Fabrikstrasse
Dreirosen-
Volta-
strasse
Dreirosenstr
brücke
DREIROSEN-ANLAGE
Lothringer-platz
Vogesen-platz
Ampereplatz
Zähringer-str.
Wasserstrasse
Offenburgerstrasse
Gasstrasse
Vogesenstr.
Elsässer-
strasse
Murbacherstrasse
St. Johanns-Fähre
St. Johanns-Parkweg
Mülhauser-strasse
Passagierschiff-Terminal
Zoll
ST. JOHANNS-PARK
Entenweidstrasse
kronstrasse
Ryffstrasse
Lothringerstrasse
Jungstrasse
Unterer Rheinweg
Bärenfelserstrasse
Breisacherstrasse
Oetlinger
St. Johann
Mulhauser-
Vogesenstr.
Immengasse
Rhein-schanze
Leuengasse
St. Johanns-Ring
St. Johanns-Platz
St. Johanns-Vorstadt
Am Krayenrain
Davidsrain
Davids-bodenstr.
Metzer-str.
Hebelplatz
Spital-
Pestalozzi-strasse
TSCHUDI-PARK
Johanniterbrücke
Kannenfeldstr.
Winterg.
Sommergasse
Herbstg.
Mittlere
Hebel-strasse
Klingel-bergstrasse
Rheinländerstrasse
Schanzenstr.
Spitalstrasse
Rheinweg
St. Johanns-Ring
Friedensgasse
UNIVERSITÄTS-SPITAL BASEL
Totentanz
Klingentalfähre
Missions-
strasse
Maien-gasse
Mittlere Strasse
Klingelbergstr.
HEBEL-SCHANZE
Hebelstrasse
Blumenrain
Drei-König-Weg
Spalenring
Nonnenweg
Pilgerstrasse
Schönbeinstr.
Bernoullistr.
Petersplatz
Petersgraben
Peters-kirch-platz
Petersgasse
Fisch-markt
Spiegelg.
Marktg.
Eisen-gasse
Stiftsg.
Andreas-platz
Imberg.
Nadelberg
Spalen-graben
Spalenvorstadt
Schützen-graben
Birmannsgasse
Eulerstrasse
Socinstrasse
Rosshofg.
Rümelins-platz
Heuberg
Leonhardsgraben
Birken-
Palmenstr.
Friedrich-strasse
Heinrichs-gasse
Nonnenw.
Spalentorweg
Kornhaus-gasse
Auf der Lyss
Holbeinplatz
Leonhards-kirchpl.
Kohlenberg
Austrasse
Rudolf-strasse
Mostacker-strasse
Eulerstr.
mattstrasse
Steinengraben
Holbein-strasse
Thannerstrasse
Rütli-str.
Blauenstrasse
Belchen-str.
Weiherw.
Schützen-
Leonhards-strasse
Weiherweg
SCHÜTZENMATT-PARK
Feier-abend-strasse
Burgunderstrasse
Austrasse
Kanonen-gasse
Steinen-schanze
Kohlenberggasse
Steinenvor-stadt